つぶやき岩の秘密

JirO
nittA

新田次郎

P+D
BOOKS
小学館

目次

23	22	21	20	19	18	17	16	15	14	13	12
|	|	|	|	|	|	|	|	|	|	|	|
|	|	|	|	|	|	|	|	|	|	|	|
|	|	|	|	|	|	|	|	|	|	|	|
|	|	|	|	|	|	|	|	|	|	|	|
|	|	|	|	|	|	|	|	|	|	|	|
175	165	153	147	140	132	126	118	110	104	96	88

1

紫郎《しろう》はなにかひとりで考えながら海岸を歩くことが好きだった。

紫郎は三浦《みうら》半島の南のはずれに近い西海岸の小さな村に生まれて、ずっとここに住んでいた。小学校の六年生である。

紫郎は海を前にして勝手気ままなことを考える。海の中にどんどんはいって行ってやがて背が立たなくなると、平泳ぎで相模《さがみ》湾を泳いで渡って伊豆《いず》に行ってしまおうなどと考えることがある。

伊豆についたら、歩いて伊豆半島を横断して、それから駿河《するが》湾をまた泳ぐ。駿河湾を泳ぎ切って焼津《やいづ》あたりに出たら、今度は東海道を西へ西へと歩くのだ。紫郎の想像は、さいげんもなく続く。

紫郎が海が好きなわけは、海が近くにあるからなのかも知れない。紫郎の家から歩いて、五分とかからないところに浜があり、その前にひろびろとした海があった。浜の名前は富浜《とみはま》であるが、村の人たちは単に浜と呼んでいた。夏になるとその浜は富浜海水浴場と呼ばれるようになった。浜の姿は一変して、そこは紫郎の近寄りがたいところになった。おおぜいの男や女が東京方面からやって来て、浜は占領されてしまうので、紫郎は富浜を離れたところで泳ぐ。だが、夏が過ぎると浜は急に静かになる。

紫郎は長い夏休みが終わって学校が始まってからは、朝と夕方は必ず海に出掛けて行った。朝の海は眠そうに見えた。海を越えてずっと右手に、富士山が朝靄《あさもや》に霞んで見えた。相模湾を越えた向こうには伊豆半島が見える。大きな牛が海の中に寝ているようだった。村の人たちの持ち舟が、ぽんぽんとエンジンの乾いた音を立てながら次々と沖へ出て行ったあとは海は死んだように静かになるのである。日曜日になると、紫郎は一日中海に出て遊んだ。

太陽の光が海面に当たると、そこに黄金色の海がひろがる。紫郎は波打ち際を塚《つか》が崎《さき》の方へ走った。走っては止まり、また走った。やがて息が切れると、彼は足元の乾いた砂と湿った砂の境目のあたりに眼をやる。なぎさがゆるい大きな曲線をえがいて塚が崎まで続いていた。

紫郎はつい二週間ほど前までこの砂浜が海水浴客でごった返していたころのことを思い出した。その名残りは乾いた砂地にまだ残っていた。空缶や紙屑やビニール製品や、ときによるとガラス瓶などが捨てられたままになっていた。とても、村の人たちだけの力ではきれいにはできそうもないほどのごみだけれど、この砂浜はそれほど奥行きがないから、やがて嵐がやって来て、大波が打ち上げると、一晩のうちに浜はきれいに掃除されてしまうだろう。はやく嵐が来てくれればよいがと紫郎は思った。

紫郎は波とたわむれながら歩いていた。波が来ると、飛びのいてかわし、すぐまた海の方に寄って歩く。こういう歩き方をしているのが彼にとってはもっとも楽しいときだった。引き潮だから、彼は今、湿った砂の上を歩いている。もし満ち潮のときだったら、乾いた砂と湿った砂の境界線を、乾いた白砂の方に、押しやられるようにしながら歩かねばならなかった。

紫郎は同じ海岸を歩くにしても、満ち潮のときより、引き潮のときの方が好きだった。引き潮のときは、それまで海の中にかくされていたものが次々と現われて来るからだった。満ち潮のときは、どんどん潮が上がって来て、浜辺の砂地がせまくなり、やがて荒々しい海の音が迫って来る。なにか追い立てられるように気がせわしかった。

紫郎が湿った砂の上を歩くと、長靴がくるぶしのあたりまで砂の中にかくれてしまう。波が来て、ひょいと飛びのいた瞬間、彼の靴の跡にみずたまりができる。しかし、もう一度波が来ると、靴跡はきれいに消されて、だれも通らなかったように、なめらかになってしまう。波が砂を運んで来たり、運びさったりする作業を、長靴の中に海水がはいるのもかまわずにじっと見ていると、太陽の光線のぐあいで海水の中に浮いている砂の一粒一粒が金の粉のようにきらきらと輝いて見えることがあった。だが、そのように海の中の砂がきれいに見えることはめったにないことで、多くの場合は海の中に浮く砂は黒く見えた。

紫郎は浜辺を塚が崎の方へ歩いていた。浜の北側が富士見が崎、南側が塚が崎で、この二つの岬と岬の間が入り江になっている。塚が崎に近くなると、浜の広さはせまくなり、やがて砂浜が荒磯に変わると同時に塚が崎の高い岩壁が彼の行く手をさえぎった。彼の家からここまで三十分かかる。そこまで来て振りかえると、海水浴場の砂浜は夕陽をいっぱいに受けて、なにか物憂げに輝いていた。紫郎は塚が崎を見上げる。高さ三十メートルほどもある断崖のところどころに木や草が生えているけれど、全体的には露出した岩壁だった。

「いつか、あそこを登ってやろう」

紫郎は言った。木につかまって登れば登れないことはないだろう。紫郎は眼を足元の荒磯に戻した。ここは波が荒く、海岸には大きな岩や石がごろごろしていた。ちょうど引き潮だから、いましがた海の中から顔を出したばかりの濡れたままの海苔《のり》に覆われた石が紫郎を待っていた。

ここが紫郎の遊び場であった。大きな岩や石がごろごろしているから、いたるところにみずたまりがあって、そこには、いろいろの形をした小さな海の生物がいた。

紫郎はその海の生物を取りに来たのではない。その海の生物と遊ぶために来たのでもない。彼は岩の上に腰をかけて、意外に敏捷に歩きまわる小蟹《こがに》を見たり、手を延ばせばすぐ取れそうなところに泳いでいる、小さな魚の尾の動かし方をしばらく見てから、ゆっくり立ち上がって、今度は、大きな岩から石、石から岩へと掛け声をかけて飛び移って行った。飛び乗った瞬間にぐらつく石もあったが、毎日のように来ていて、そういう石がどこにあるのかよく知っているから滑って落ちるようなことはなかった。

彼は、岩から石、石から岩にと飛び移りながら塚が崎の先端に近づいて行った。そこは三方が切り立ったような崖になっていて、しかもそのあたりの海が深いから潮が引いても、その先端を歩いてまわることはできなかった。潮の満ち干（満潮と干潮）の差が最も大きい大潮のときでさえも、この塚が崎の先に出ることはできなかった。荒磯は塚が崎の先端に近寄るに従って影をひそめ、やがてこれから先はもう行くことができないところまで来ると、塚が崎の先端から海をへだてて五十メートルほどのところにある鵜《う》の島がはっきり見えてくる。

紫郎はそこで立ち止まった。塚が崎の先端をまわれば松浦《まつうら》に出られる。松浦には海水浴場はないが、ヨットハーバーがあった。そして、さらに南へ行くと千鳥が崎へ出るのである。紫郎は、富士見が崎にも、千鳥が崎にも行ったことがある。彼が住んでいる大塚《おおつか》村からそう遠いところではなかった。

松浦の方へ行くとすれば、無理をして、塚が崎の先端をまわりこまないでも、内陸の道を歩いて行けば四十分ぐらいで行ける。しかし紫郎はいつかはきっとなんとかして、塚が崎の先端をまわってやろうと思っていた。

紫郎は石の上に坐った。鵜の島に、鵜が群れをなしていた。鵜はときどき喧嘩でもするのか、島からいっせいに飛び立って、島の上空を飛んではまた岩の上に戻って、しばらくはじっと顔を寄せ合っていた。鵜の島は小さな先のとがった島だった。もし人間が、鵜の島によじ登ることができたとしても、二十人以上の人間がその頂にそろって立つことは無理のように思われた。その島のまわりには暗礁が多いから船は近づけない。だから鵜は人間からの危害を蒙《こうむ》ることなく、そこに彼らの住み家を設けていた。

紫郎は鵜の島を見るのにあきると、島に背を向けて荒磯の潮の引いたあとに露出している岩から石、石から岩へと飛び移りながら、しばらく引き返したところで、荒磯にうずくまるように横たわっている大きな岩のところに来て止まった。それは牛ほどもある黒い岩だった。その岩と塚が崎との間にはさらにいくつかの岩があって、そして、その前に塚が崎の岩壁があった。岩壁に近よるためにはその前にある大きな岩に飛び移らねばならなかった。

紫郎は牛ほどもある、荒磯の黒岩の下におりた。その日は大潮だったから、黒岩のつけねまで現われていた。つけねのみずたまりに、小さな魚が泳いでいた。

紫郎はこの黒岩に、去年までは黒牛の岩と名前をつけていたが、今年の春の大潮の日以来は、この岩のことをつぶやき岩と呼ぶことにしていた。

岩がつぶやくのではない。大潮の日に岩に耳を近づけると、海のつぶやきが聞こえるからだった。

彼は岩に耳をくっつけるようにして待った。波がおしよせて来て、岩に当たって崩れ、重々しい音を立てて引いていったあとで、ころころと玉をころがすような音が聞こえた。

耳の位置を変えて次の波が来て引いていくのを待っていると、今度は、海の底でだれかがつぶやいているような音が聞こえた。なにを言っているかはわからないけれど、遠いところで人がなにかつぶやいている声だった。紫郎はまた位置を変えた。今度は猫がのどを鳴らすような音が聞こえた。

海のつぶやきが聞こえるのは、波が引いていくときに限られていた。

紫郎はなぜ海のつぶやきが聞こえるのか、おおよその理屈は知っていた。

だれに教わったのでもなく、自分で考えたことなのだ。それは、海水がおしよせて来て、荒磯の岩の割れ目や、穴の中にはいりこみ、その水が再び海へ戻ろうとするときに、穴の奥で作り出される音であった。しかし、紫郎には、音がなぜ、そのように色々な音に聞こえるかはわからなかった。その日その日によって、音は、さまざまな音に聞こえた。ごく稀《まれ》には笑い声に聞こえたことがあった。鈴を振るような音が聞こえることもあった。しかしそんなことはめったにはなく、岩の奥深いところで、だれかがつぶやくように聞こえるのが普通だった。

紫郎は、そろそろ引き上げようかと思った。海のつぶやきが聞こえるのは大潮の日であった。大潮の日の干潮の時である。場所もきまっていて、そこを離れるともう聞きたくても聞けなかった。紫郎はもう一度だけ海のつぶやきを聞いてやろうと思った。そして彼はその最後の海のつぶやきを聞いた。たしかに、その音はそれまでのような海のつぶやきだったけれど、つぶやきが途中から泣き声に変わった。

紫郎はびっくりした。いままで一度だって海の泣き声を聞いたことはなかった。よく聞くとそれは女の人の泣き声のようだった。

「お母さんの泣き声だ」

紫郎は思わずひとりごとを言った。彼の母は彼が二歳のときに死んでいるから、母がどんな声をしているか彼にわかるはずはなかったのに、彼にはその泣き声が母の泣き声にはっきり聞こえたのである。母の泣いている姿が浮かんだ。母の写真は見たことはあった。写真で見た母が泣いているのである。すすり泣きのようだった。

母の泣き声はすぐ聞こえなくなった。波が再びおしよせて来るまで待たねばならなかった。そして、その次に波が来て、引いていくときに彼は、もう一度母の泣き声を聞こうと思った。泣き声は聞こえなかった。海のつぶやきも聞こえなかった。いつか潮は上げ潮に変わっていた。水位が全体に上がって来たために海の水を吸ったり吐き出したりする岩の隙間が海の中にかくれてしまったのである。

紫郎はあきらめた。海のつぶやきが聞こえる限られた短い時間は終わったのである。

紫郎は、つぶやき岩に這い登った。岩の上に彼の頭が出たときに、彼は真正面に塚が崎の崖を見た。断崖の中ほどの岩壁が夕陽を受けて光っていた。彼は岩の上に一気に体をずり上げたところでさっきの岩壁にもう一度眼をやった。見ようとして見たのではなく、偶然にそこへ視線が行ったのである。

岩壁に老人が立っていた。そのほとんど垂直にも見える岩壁に老人は背をもたせかけるようにして立っていた。

紫郎はあやうく声を上げるところだった。どう考えても、老人は岩壁から抜け出たとしか考えられなかった。ほんの二秒か三秒眼をそらせている間に、老人は岩壁から姿を現わしたのだった。岩壁から出て来なかったとすればほんの一呼吸《ひといき》する間に、老人はいったいどこからやって来たのであろう。老人はかなり着古した茶色の背広を着こんで眼深《まぶか》に鳥打ち帽《ハンチング》をかぶっていた。黒い顔の老人だった。その黒い顔はどこかで見たような気がしたが思い出せなかった。

老人はネクタイをしてはいなかった。ネクタイのかわりに首にマフラーのようなものを巻いていた。老人はなにか袋のようなものを背負っているようだった。右手に懐中電灯を持っていた。日をまともに受けた老人の顔はひどく黒く見えた。日に焼けて黒いのではなく、不健康に黒いのだと紫郎は思った。老人は痩せていて、眼だけが光っていた。たしかにどこかで見かけた顔だと紫郎は思った。老人は周囲を見まわしていた。どうやら老人は、彼がそこにいることを人に知られたくないらしかった。運よく、紫郎の背後には大きな岩があって、その岩が日をさえぎっているから、紫郎のところは日陰になっていた。けれども、老人が注意深く探せば紫郎の姿を発見できるはずだった。

紫郎はすぐ隣の岩の陰に姿を隠した。老人に見つかることが恐ろしいことのようにも考えられ、またそこにいて、老人の姿を見てしまったことが、老人に悪いことをしてしまったようにも思われたからであった。動いたのがかえってまずかったかなと思った。動いた瞬間、老人は紫郎がいることに気がついたかもしれない。

紫郎は岩の陰でじっとしていた。心臓がどきどきするのがよくわかった。その心臓の音を聞いていると、また老人の姿を見たくなった。垂直な岩壁にあの老人がそう長い間立っておられるはずがないと思った。

紫郎はおそるおそる岩陰から顔を出した。老人の姿はなかった。

2

その夜、紫郎は夕飯のとき、祖父の源造《げんぞう》に岩壁のことを話した。

「お祖父《じい》さん、ぼく幽霊を見た」

晩酌をしていた源造は、紫郎がいきなり、幽霊だなどというから、ひどく驚いた様子だった。

「なに幽霊だと、そんなものがいるはずがない。おれが子どものころはまだそういうものがいると信じていた人もいるが、今どきそんなことを言うと他人様《ひとさま》が笑うぞ」

「でもぼくはこの眼ではっきり見たんだ」

「どこで見たのだ。その幽霊に足はあったかね」

源造は笑った。

「足はあったよ、茶色の背広を着て、鳥打ち帽をかぶった黒い顔の老人の幽霊が塚が崎の岩壁に背をこうもたせかけて立っていたよ」

紫郎は、部屋の白壁に背をもたせかけるようにしてみせた。紫郎は一生懸命だった。なんとかして、あのことを源造に理解してもらいたかった。

「足があれば、それは幽霊じゃあないな。いったい、その幽霊は、そんなところでなにをしていたのだ」

「右手に懐中電灯を持って、背中には小さな袋のような物を背負っていた」

はてな、と源造は首をひねった。

「そいつは、幽霊ではなくて亡者《もうじゃ》かもしれないぞ」

「亡者っていうと」

「死んだ人のことだ。くだらぬ目的のために心を亡くした人のことだ。どうも、その黒い顔の老人というのは金塊亡者らしいな」

源造はまたわからないことを言ったが、すぐ紫郎に納得がいくように説明を加えた。

「そいつは、終戦のころ軍が掘った地下要塞のどこかに、隠してあるという金のかたまりを探している一人かもしれないぞ。終戦直後ならともかく、終戦から三十年近くもたってしまった今ごろ、もうみんなが忘れてしまったころに、また亡者が現われたというわけだ」

源造は杯をそこに置いて、きつい眼をして紫郎を見た。源造がこういう眼で紫郎を見詰めるときはなにかたいへん重要なことを言うときにきまっていた。

紫郎は坐り直した。

「終戦近いころだった。この付近におおぜいの軍人がやって来て穴掘りを始めた」

源造は話し出した。

太平洋戦争が終わりに近づくと、日本軍は敵軍の本土上陸に備えて、この付近に要塞を築き始めた。要塞といっても、コンクリートで作ったものではなく、海に面した岬や丘陵の中に縦横無尽に穴を掘り、ところどころに大砲や機関銃を置くところを作って海上からの敵に備えたのである。この付近の海に面した岬や丘陵と言えば、富士見が崎、塚が崎、千鳥が崎などであった。岬に続いて海岸線を構成する地形が比較的固い岩盤でできているから、その中に穴を掘って地下要塞にしたのであった。

軍が特に力を入れて掘ったのは塚が崎で、塚が崎の地底には、三千人の軍隊を収容することのできる地下要塞ができ上がったと言われていた。なにしろ、おびただしい数の兵隊が村にはいりこんで来て、来る日も来る日も穴掘りばかりしていたから、村の人たちは、いよいよ敵が上陸して来るのかと思って気が気ではなかった。ところが地下要塞がまだ完全にはでき上がらないうちに終戦を迎えた。

村にはいりこんでいた軍人たちはそれぞれ故郷に帰って、あとには、軍人たちが汗水流して掘った穴だけが残った。

村の人たちにとっては地下要塞などというものにははじめっから関心がなかったから、軍が引き揚げた後でも、地下要塞の内部を見てまわるような物好きはいなかった。しかし、あちこちに要塞の出入り口はあるから、ちょっと首を突っ込んでそのへんを眺めまわす程度のことはした。村の若者で、定吉《さだきち》という男が、元軍人だったということもあって、塚が崎の要塞の中に一度だけはいったことがある。しかし彼は中にはいってすぐに道に迷って、半日ほどくらやみの穴の中をさまよい歩いたあげくにひょいっと出たところが千鳥が崎の鼻（先端）だった。彼がはいり込んだ塚が崎の入り口から千鳥が崎までは直線距離で三キロメートルほどもあった。道は一本だけではなく、縦横に掘り抜いてあるから、穴の総延長はどれほどになるか見当もつかなかった。

定吉は、持っていった懐中電灯が消えるときが自分の生命の消えるときだと思いながら歩いた。懐中電灯の光がだんだんと弱くなり、もう間もなく消えそうだというころになって、彼は遠くに一条の明るさを認めたのである。そこが千鳥が崎の鼻だった。彼は、千鳥が崎の岩壁を海におりて、海を泳いで渡って松浦に着いた。

村の人で定吉以外にこの穴の奥深くまではいった者はなかった。

「終戦後、五、六年ほどたったころだと思う。へんな男たちが、この村へやって来て、しきりに塚が崎の穴の中へもぐりこむようになった」

二人、三人と組になって来る者もあったが、一人で来る者もあった。なんで穴の中にはいるのかと村の人たちがきいても答える者はいなかった。塚が崎の地下要塞のどこかに、終戦のどさくさまぎれに、軍が大量の金塊を隠したのだという噂が飛んだ。だれが、いつ、どこから、どうしてそのような多量な金塊を運んで来たのかはわからないが、村へやって来て穴にもぐり込む男たちが、金塊を探しているらしいことはどうやら事実らしかった。それが評判になって、新聞や雑誌に載ったことがあった。しかしその噂も日がたつに従って自然に消えて行き、金塊亡者の姿を見かけることもなくなった。

「それからさらに七、八年もたったころ、そうだ、お前の両親が亡くなったころだった。またちょいちょい金塊亡者がこの村に現われるようになった」

源造はときどき話を中断して酒を飲んだ。酒を飲みながら話の筋書きを、頭の中でまとめているようであった。

「お祖父さん、はやく先を話して」

と紫郎が先をききたがると、

「お祖母《ばあ》さん、富士見が崎の崖から人が落ちて死んだのは何年前だったかね」

などと話をまたそらしてしまうのである。

「さあ何年前だったかねえ」

祖母のぬいははじめっからこの話には興味がなさそうだった。ぬいは、紫郎に、

「お祖父さんの話はご飯を食べながらでも聞けるでしょうに」

と言うのだが、紫郎は箸を持ったままで源造の話を聞いていた。食事どころではなかった。

「富士見が崎の崖から落ちた人は手に懐中電灯を持っていたので警察では、金塊亡者の一人が誤って崖から落ちたのだろうということになった。身元は不明だった。金塊を隠した一味の仲間割れで、ひょっとすると、地下要塞の中に、仲間割れの結果殺されたままになっている者がまだいるかもしれないなどという人もいた」

しかし、その噂も間もなく下火になった。あちこちにある地下要塞の出口は草や木で覆われて、そこに近づく者はなくなった。

「それからまた数年たって、海水浴場が出来た年だった。東京から遊びに来ていた大学生たちが十人ばかりで地下要塞の探検をやると言って、トンネルにはいって三人の白骨死体を発見した。警察で調べたが、死後数年を経た四十歳ぐらいの男の死体だということしかわからなかった。遺留品はなかった。身元は不明であった」

源造はそこで話を止めて、紫郎の顔を見た。紫郎が、この話をおそろしい話として聞いているのか、おもしろい話として聞いているのかを探るような眼であった。

「それではお祖父さん、その三人の白骨死体の男たちも、金を隠した一味の者だったのですね」

紫郎は丸い眼をさらに丸くして言った。

「そんなことがわかるものか。だいたいそんないやなことが起こるのはこの村の付近にやたらと穴があるからだ。悪いやつは、そういうところをきっと利用するものだ。その死体だって、遠くから運んで来て捨てたのかもしれない」

「ではなぜ、穴をふさいでしまわないのですか」

「そのとおりだ。村でも、ときどきそんな話が出るが、お前も知っているとおり、穴の出口は大小無数にある。わかっているだけで、五十はあるだろう。外から見えないようになっている隠し穴もあるそうだ。そういう穴まで入れたらどのくらいになるかわからない。穴をふさいでしまう費用も大変なことになるからそのまま放ってあるのだ」

源造が、紫郎にお前も知っているとおりと言ったように、軍が掘った地下要塞の穴が、富士見が崎や塚が崎や千鳥が崎の方へ行けば、あちこちにあることをこの村にいる人で知らない者はいなかった。紫郎もお寺の裏にある穴の入り口を覗《のぞ》いたことは何度かあった。暗い空洞の中にはいり込むとかび臭いにおいがした。子どもたちは、おっかなびっくり穴の入り口にはいりこんで、犬のように鼻をくんくんさせているうち、だれかがなにか叫び声を上げて逃げ出すと、子どもたちはその後を追っていっせいに穴から飛び出たものだった。

「紫郎や、お前が塚が崎の岩壁で見たという老人のことだが、おれは、その老人が隠し扉からひょいと姿を現わしたところをお前に見つかったのではないかと思うんだ」

「隠し扉ってなんですか」

「穴の中からはあけることはできるが、外からはあけることはできないという構造になったところだ」

「そんな仕掛けがしてあるのですか」

「終戦の時には、この家にも二十人ほどの兵隊さんが泊まりこんでいたが、その一人がいよいよ終戦になって故郷へ帰るという前の晩に、その隠し扉のことを話していた。つまり、敵が攻撃して来た場合の突撃路や退出路が、そのような形であちらこちらに作られてあったのだ」

「しかし」

紫郎は祖父の話を半分は信じ、半分は疑っていた。

黒い顔の老人はほんとうに要塞の中の隠し扉から現われてすうっと消えたのであろうか。そのことを考えていると、紫郎は、海のつぶやきの中から聞こえて来た母のすすり泣きの声を思い出すのである。

(母のすすり泣きの声を聞いた直後に、ぼくは黒い顔の老人が、塚が崎の絶壁に背をもたせかけて立っているのを見たのだ)

紫郎には、母のすすり泣きと黒い顔の老人とがくっついて離れないのである。

「なぜだろうか、なぜなんだろうか」

紫郎が言った。

「なにがなぜだろうかだ」

「岩壁に立った老人と……」

母のすすり泣きとの関係については言えなかった。

「だから、それは今言ったとおりだ。その黒い顔の老人も、おそらく、あの地下要塞建設に関係した人だろう。あるいは、設計図面を作った技師とか、工事を監督した将校かもしれない。そうでなければ、隠し扉の在り場所なぞ知るわけはない。しかしなぜその老人が、そこに現われたのかはわからない。要塞の関係者と金塊亡者との関係もまるっきりわからないことだ」

源造は、そこで、急にこわい顔をして、大きな声で言った。

「紫郎よ、お前はけっして、あの穴の中にはいるなよ、現在も将来もだ。あの穴に近づくところなことはないぞ。あの穴には眼を向けるな。紫郎、お前は海だけを見ておればいいのだ。戦争が残した、傷跡の穴なんかにとらわれることなしに、海と空を見ながら一生懸命に勉強することだ」

紫郎は祖父の言葉に素直にうなずいた。うなずきながら、心では別のことを言っていた。

(でもね、お祖父さん、お母さんのすすり泣きが聞こえた直後に、ぼくは、あの黒い顔の老人を見たんです。海の底にいるお母さんが、ぼくになにかを知らせようとしたのではないでしょうか、海の底にいるお母さんは泣きながらなにかをぼくに、うったえようとしていたのではないでしょうか)

紫郎はそれを言葉に出して言いたかったが、言えなかった。海のつぶやきの秘密は自分ひとりのもので、その秘密はだれにも知らせたくなかった。お祖父さんにだって、お祖母さんにだって、小林先生にだって知らせたくはないと思っていた。

紫郎は冷えた飯をいそいで食べた。食べているうちに、夜の海をしきりに見たくなった。

(今夜は月半ばの大潮の日だ。月に輝く海は美しいだろう)

そう思うといてもたってもいられなかった。彼が箸を置いて外へ飛び出したとたん、門のところで危うく人にぶっつかりそうになった。

相手は顔を隠すようにして闇に消えた。

「なあんだ、クルクルパーの安《やす》じゃあないか、びっくりさせやがって」

紫郎はつぶやいた。

安は終戦以来この村に住みついていた。人を極度に恐れる一種の狂人であったが、悪いことはしなかった。村はずれの小屋にひとりで住んでいた。東京にいる家族が、月に二度ほど衣類や食料を持って来ていた。ちゃんと自分で食事もするし、洗濯物が干してあるのを見かけることもあるから、まるっきりの気違いではなかった。

（なんでこんなところに安がいたのだろう）

紫郎は考えた。安は人を恐れて昼は出歩かず、夜しか外に出なかった。だから村の人は、夜、安に出会ってときどき、びっくりさせられた。

紫郎も安に出会ったのは今夜がはじめてではなかった。しかし紫郎は、夜の海を見ようとして家を出たとたんに安に出会ってからは、海を見たいという気がしなくなった。

紫郎は家へ帰って、勉強机に向かった。

3

小林恵子《けいこ》はこの春、三崎《みさき》町の小学校から大塚村小学校に転任して来て紫郎の組の担任教師となった。前の担任教師が家庭の事情で急に教師をやめねばならなくなったので、恵子がそのあとを引き受けたのである。

六年生は中学への進学をひかえて、むずかしい学年である。教師の経験はわずか三年という小林恵子が選ばれたのは三崎町の小学校長のすいせんもあったが大塚村小学校長の英断であった。恵子が夏休みの宿題を出したのは夏休みが始まる前のことだった。彼女は生徒たちに一般的な宿題を与えたあとで、黒板に作文という字を書いた。

「作文という字をよくごらんなさい。作る文とも読めますし、逆に読めば、文を作るとも読めます。たしかに作文は文章をこしらえることですが、文章をこしらえるとか作るというふうに考えてはいけません。作文は、みなさんが、みなさんの眼で見たもの、感じたことを、いつわらずに、そのまま書くことなのです。美しい文章を書こうなどと考えてはいけません、むずかしい字を特に使わないでもよいのです。ただ、眼で見、手に触れ、心に強く感じたようなことを取り上げて、そのときの気持ちを素直に書けばいいのです。ですから作文の題はあなたがた自身が見つけ出さねばなりません。そしてその題は、あなたがたの心を多少なりとも動かしたもののほうがいいでしょう。たとえば旅行したとか、泳ぎに行った場合など、なにかしら、ふだんとは違ったものを感ずるでしょう。それを作文に書くのです。また、特に変わったことをしなくとも日常生活のなかにも、なにかしら心に触れるものがあって、書きたいなと思うようなことがきっとあるものです。それを書けばよいのです。もう一度、はっきり言っておきます。作文は作られた文章であってはなりません。自分の心の中に起きたこと、自分の眼で見たり、感じたことをそのまま書き表わすことが作文なのです」

恵子は黒板から離れて生徒たちに向かって言った。

「夏休みの宿題として作文を出します。一つだけではなく、できたら三つぐらいは書いてほしいと思います」

恵子は生徒たちの顔を見まわした。作文なんていやだなと言う子があった。作文は好きだと言う子もいた。

恵子は紫郎に眼を止めた。なにか言いたそうな顔をしていたからである。

「紫郎君、なにか質問がありますか」

「作文は三つまでですか」

紫郎は立ち上がってきいた。

「三つとは限りません、多ければ多いほどいいのです」

恵子はほほえみながら答えた。紫郎はきっと、すばらしい作文を三つ以上書いてくるだろう。

恵子はその紫郎の作文をはやく読みたいと思った。

恵子は夏休みの間は東京の自宅に帰っていた。住所も生徒たちに教えて、手紙をくださいと言った。紫郎からは夏休み中に二度ほどはがきが来た。海のことが書いてあった。

夏休みが終わって学校が始まった。日焼けした生徒たちの顔を眺めながら恵子は、子どもたちはそれぞれ楽しい夏休みを過ごしたのだなと思った。紫郎は、想像したほど日に焼けてはいなかった。紫郎の手紙には海のことが書いてあったのに、どうしてこの子は日に焼けないのだろうかと恵子は思った。

恵子は子どもたちの宿題を集めた。一般的な宿題は職員室で見ることにして、作文は下宿に持って帰って読もうと思った。そのほうが落ちついて読むことができるからだった。

恵子の下宿はカシの木の垣根にかこまれた農家の隠居所であった。その家には犬が二頭飼ってあるから、夜など近くを人が通るとよく吠えた。無用心のことはなかった。

恵子は紫郎の作文を読んだ。抜群に上手だった。作文は全部で六編あった。一編は原稿用紙に三枚ずつきちんと書いてあった。ざっと眼を通してみると六編とも海のことが書いてあった。紫郎のよく澄んだ眼で見た海のことがことこまかに書かれていた。

思わず賞讃のため息が出るほど紫郎の文章はなめらかに書いてあった。特に飾った文章でもなかったのに光って見えるのは、紫郎の主観がはっきりしているからだった。眼がその物にぴったりとくっついて離れないからであった。紫郎は海岸に打ち上げられている貝のかけら一つも見過ごしてはいなかった。紫郎が書いた海はほんとうにきれいだった。彼は海の上を夕靄がしのび足に近づいて来るというような表現を使って、夕闇が迫る海を心憎いほど上手に書き上げていた。

恵子は、作文を日付順に読んで行った。最後の一編は九月にはいって学校が始まってからであった。

（そうだわ、この作文はあとで持って来たのだわ）

恵子はそのときのことを思い出した。確か紫郎はひとりで職員室へやって来て、これは宿題のために書いた作文ではないけれど出してもいいですかと言った。いいですよ、置いて行きなさいと言うと、紫郎はうれしそうに笑った。紫郎が笑うと片えくぼができた。それがまたたいへん愛らしく、そして寂しげに見えた。

恵子は、その紫郎の右の頬の片えくぼを思い出しながら、その作文を読み出した。

（これもまた海のことだわ、この子はほんとうに海が好きなのね）

犬が吠えた。恵子は外の方をちょっと気にした。犬は間もなく鳴き止むと、遠く海の音が聞こえた。夜は静かなのだ。海までは十分ほど歩かないと行けないのに、風の方向によっては海の音がすぐそこに聞こえることがあった。

恵子は紫郎の原稿用紙に眼を落とした。

先生、ぼくは老人の幽霊を見たのです。日曜日の午後ひとりで海へ遊びに行ったとき、塚が崎の岩壁に背をもたせかけるようにして、老人が立っているのを見たのです。ぼくはその老人が岩壁に立つ直前にその岩壁を見ていました。日がその岩壁に当たって、大理石のように輝いているのを見たのです。それからほんのちょっとばかり、そうです、一、二、三と三つ数を数えるぐらいの時間、ぼくはその岩壁から眼を離していました。そして再びその岩壁を見上げたとき老人が立っていたのです。垂直の岩壁ですから、上からはおりることはできないし下からも登れません。岩壁はところどころ木や草でおおわれています。しかし、老人が隠れこむほど植物は密生してはおりません。たとえその植物の中に老人が隠れていたとしても、二秒か三秒の間に岩壁に立つことなんかできるわけがないと思います。小林先生、ぼくにはその老人は岩壁の中から出て来たのだとしか考えられないのです。老人はあたりを見まわしていました。老人に見つかってはいけないと思って、ぼくは岩の陰に隠れました。そのとき見つかったかもしれません。気になるから、すぐまた顔を出しました。老人の姿は消えていました。ぼくのお祖父さんにこの話をしたら、それは幽霊ではないというんです。まだぼくが生まれない前の戦争の終わりのころ、軍がそこに地下要塞を作ったとき、隠し扉のような仕掛けを作っておいたのではないかとお祖父さんは言うのです。老人はその秘密を知っていて、塚が崎の地下の通路から、隠し扉をあけて岩壁に姿を現わしたのではないかと言うのです。それはお祖父さんの理屈です。もっともらしく聞こえる理屈です。しかしぼくにはそのようには思われません。なぜならば、なぜならば、ぼくは海の声を聞いたんです。海はぼくにこう教えました。調べてみるんだ紫郎、幽霊か幽霊でないか、調べてみればわかることではないか。先生、ぼくは、その老人が幽霊か幽霊でないか、調べてみたいと思います。それには、まず第一に、穴の奥にはいることだと思います。でもお祖父さんは絶対にはいってはいけないって言うんです。もしはいるならば、大勢の人と協同してはいらないと危ないって言うんです。ぼくは、ぼくが感じた疑問についてはぼく一人で解きたいと思うんです。それにはいったいどうしたらよいでしょうか。

紫郎の作文はそれで終わっていた。それは作文ではなく、手紙であった。紫郎が担任の教師、小林恵子にだけ、心の中の疑問を投げかけた私信であった。紫郎が老人の幻影を見たのではないことは明らかのように思われた。紫郎はよくできる少年というよりも特徴がある少年だった。算数はよくできた。作文も上手だったが、音楽はきらいだった。紫郎には、どことなく寂しい影があった。前の担任教師から引き継いだ、家庭調査表によると、紫郎の両親は彼が二歳のとき亡くなっていた。恵子は、紫郎にどことなく暗い影があるのはそのせいだと思っていた。しかし、学校においては特に暗さというほどのものは見えなかった。他の子どもたちと違うところがあるとすれば帰宅後、彼が友だちと遊ばないで、ひとりで海へ出かけて行くことぐらいのものであった。そのことも、しいて暗さにはつながらなかった。

恵子はもう一度、紫郎の手紙を読んだ。

「なぜならば、なぜならば、ぼくは海の声を聞いたんです。海はぼくにこう教えました」

恵子はそこに眼をつけた。海の声とはなんであろうか。

犬がまたしきりに吠えた。母屋《おもや》から人が出て行ったらしい。恵子はなぜならばのところに赤い線を引いた。

4

恵子は紫郎の手紙を持て余していた。紫郎に返事の手紙を書こうかとも思った。紫郎を下宿に呼んで、話してみようかとも思った。しかし恵子は、紫郎の手紙を何度か読み返したあとで、紫郎とこの問題について話し合う前に、紫郎の祖父の源造に会っておくべきだと思った。

恵子は三浦源造あてに手紙を書いた。紫郎のことについて話したいが、いつ訪問したらよいだろうかという内容だった。できたらその場に紫郎がいないでくれたほうが、話がしやすいが、その点もご配慮いただきたいとつけ加えた。

恵子は紫郎を職員室に呼んで、その手紙を渡しながら言った。

「心配しないでもいいのよ紫郎君、私はあなたのお祖父さんに、地下要塞についてくわしい話が聞きたいのです。紫郎君が見たという幽霊がなんであるかを調べるためには、やはりお祖父さんの意見を聞いておかないといけないと思います」

恵子は、紫郎が見た幽霊というところはわざと低い声で言った。

紫郎は、恵子が、紫郎の手紙を読んで、岩壁に立った老人の謎について、一生懸命に考えていてくれるのだと思った。そして、この秘密は、いまのところ、だれにも話してはないなと思った。話してないから、恵子は幽霊というところをわざと小さな声で言ったのだ。紫郎には恵子の気のくばりようがうれしく感じられた。

紫郎は手紙を受け取ると、ていねいに挨拶して職員室を出て行った。恵子とふたりだけで、岩壁の謎を解くのだと思うと、胸がどきどきした。

紫郎は家へ帰ると、恵子の手紙を源造に渡した。

源造は紫郎の顔と手紙とをちょっと見較べてからすぐ封を切って読んだ。

「わかった。明後日の午後にでもお出でくださいと小林先生に言ってくれ。ていねいに言うのだぞ」

そして、源造はなにか物思いにふけるような顔をした。紫郎は不安な気持ちになった。先生の手紙には、なにがいったい書いてあったのだろうか。

恵子は日曜日の午後に紫郎の家を訪問した。紫郎は、学校で見る先生とは少し違うなと思った。先生は学校で見るときより美しかった。先生の着ている洋服も学校で着るものと違っていたし、化粧もしているようだった。

「紫郎、おれは先生と話があるから、しばらく外で遊んでおいで」

源造が言った。なぜ、この席に自分がいてはならないのだろうか。紫郎は内心不服だったが、黙って恵子に一礼すると海の方へ走って行った。

「元気なお孫さんですね」

と恵子は源造に言った。

「元気だけが取り柄で……」

「いいえ、紫郎君は成績もよいし、性格もとてもよいので、先生がたにも、子どもたちにも好かれています」

恵子は言いかけてから、

「お世辞ではないんです。ほんとうのことです」

とつけ加えた。その言い方がおかしいので源造は思わず、顔をほころばせた。恵子も笑った。

「でも、なかなかあの子はきかないところがありましてね」

紫郎の祖母のぬいがお茶を持って来てそこに置いた。

「男の子ですもの、きかないようなところがあったほうが末たのもしいですわ」

恵子はぬいに言った。ぬいのうしろに黒光りしている太い柱があった。この家の古さと威厳がその柱に集中されているようであった。

この付近には、この家のような古い家は見かけなかった。多くは新築したばかりの家であった。三浦大根と西瓜《すいか》でこの付近の農家は裕福であった。

恵子が柱に眼を止めているのを見て、源造が口を開いた。

「紫郎の父親が生まれる前の年に建てた家ですから、かれこれもう五十年以上はたちますかな」

源造は恵子の眼に応えるように言った。

「紫郎君のお父さんは、紫郎君が二歳のときお亡くなりになったそうですが、紫郎君のお母さんもやはり同じ年に……？」

恵子はきいた。受け持ちの生徒の家庭訪問だから、ある程度立ち入ったことを訊くのは、やむを得ないことだと思った。

「いっしょなんです。夫婦がいっしょに死んでしまったのです」

源造は、そのときの話を始めた。

三浦源造の家は代々大塚村の名主を務めた旧家だった。先祖は三浦義澄《よしずみ》だという言い伝えがあるほどの旧家であった。半農半漁のこの村には網元が二軒あった。その一軒が三浦源造の家だったが、三浦源造の親戚筋に当たる男が事業を始めるに当たって、源造がその保証人になった。その男が事業に失敗すると、源造はその尻ぬぐいをしなければならないような目にあった。網元の権利と三艘あった舟のうち二艘が人手に渡った。戦前のことであった。

一人息子の義造《よしぞう》は戦争に行っていたが、無事に帰郷して、この落ちぶれた生家の建て直しにかかった。彼はよく働いた。少しぐらい海が荒れても海に出て行った。妻のゆきも夫に協力した。そのころ源造は重い神経痛を患っていたから海へ出ることはできなかった。義造は妻のゆきとともに出漁していた。出漁と言っても小さな舟に乗って朝出て夜帰るような近海漁業であるから、それほど多くの漁獲は期待できなかった。

「そうです。紫郎が一歳の誕生日を迎えて間もないころだったと思います。朝早く漁に出て行った二人が日が暮れても帰ってこないのです。その日は多少波は高かったが、時化《しけ》というほどではありませんでした。その日に出漁した村の人にきくと、うちの舟のエンジンは、浜を出るときから調子が悪かったということでしたので、あるいは沖でエンジンが止まって流されているのではないかと心配していました」

夜が更けるにつれて海は荒れ出して、翌朝になると、たいへんな荒れようで、捜索の船も出せないような状況であった。どこか近くの港に避難しているのではないかと、あっちこっちに問い合わせてみたが消息はなかった。

海は二日二晩荒れた。そして三日目の朝義造の舟の残骸が、城《じょう》ヶ島《しま》の灘《なだ》が崎《さき》で発見された。見る影もないように破壊されていた。二人の遺体はついに発見されなかった。

「信じられないようなことでした。沖でエンジンが止まっても、櫓《ろ》があります。もともとその舟は櫓で漕ぐ舟だったのです。それに当時流行していたエンジンを取りつけたのですから、いざエンジンが止まったとなったら、櫓で漕いで帰って来るはずです。櫓で漕いで帰れないほど遠くには出ていませんでした。義造も櫓の使い方はうまいし、嫁のゆきも結構漕ぎました。それに、義造は代々漁師の家に生まれた者ですから、天気には敏感です。時化だと思ったら、さっさと引き揚げるはずです。その二人が死んだなどとはとても信じられないことでした。村の人も私と同じように考えていました」

源造は一息ついた。これからが、ぜひとも聞いてもらいたいというような顔だった。

「義造の舟が、他の船に衝突されたのではないかという噂が出ました。その噂の出どころは、やはり長年この村で漁師をやっていた信吉《しんきち》という男の口からでした。信吉はその日ひとりで漁に出て、義造の舟の近くで漁をしていました。午後になって少々波が出たころ、近くを鰹船《かつおせん》が通るのを見たそうです。この村に鰹船を持っている者はいませんし、だいたいそんなところを鰹船が通るのがおかしいので、信吉はその船のことをよく覚えていたのです。その鰹船は間もなく引き返して来ました。気のせいか、信吉と義造の舟の周囲をまわっているようだったということです。信吉は魚も取れないし、波も高くなったので、間もなくその場を引き揚げたのですが、途中で信吉が振りかえったときには、霧が出ていて、もう義造の舟は見えなかったそうです。その霧の中で、鰹船が故意に義造の舟に衝突したのではないかと信吉が言ったことが噂になってひろがったのです」

「故意にですって?」

小林恵子は思わず声を上げた。

「鰹船は遠洋航海にも出られるような大型な船です。義造の乗っていた舟に比較すると、大型トラックと自転車ほどの差があります。ぶっつかろうと思ってかかって来られたら避けようがありません」

「でもなぜ……」

「それから先は信吉の推理なんです。義造が、塚が崎の地下要塞に隠してある金塊の在り場所の秘密を嗅ぎつけたか、または偶然そのあたりを通ったか、あるいはまた、見られては困るものを見てしまったか、とにかく金塊を隠した連中にとっては生かしておけないやつと睨まれて殺されたのではないかというのです」

源造は、そのあたりはいささか声を低くして言った。周囲を気にしているようだった。

「なにか義造さんが、そのような噂を立てられるようなことを……」

「やったかと言うんですか、とんでもない。義造は、金塊が隠してあるなどという夢のようなことは全然信じてはいませんでした。ただ彼は一生懸命に働いたのです。私はそういう噂を立てた信吉を怒鳴りつけてやりました。死んだ人間を傷つけるようなことを言うなとね。ところがあとになって、その信吉の言ったことがひょっとすると、的を射ているかもしれないと思うようになりました」

「あなたは金塊が隠してあるという噂を信ずるのですか」

「そういう噂は信じてはおりませんが、義造は殺されたのではないかというように私の考えが変わったのは、それからひと月ほどあとに、信吉が殺されたからです。信吉は道を歩いていて、後ろから来たトラックにはね飛ばされて即死しました。そのトラックはとうとう見つかりませんでした」

「おそろしいことですね」

「おそろしいことです。義造の死と信吉の死はそれぞれ別個なもので、その間には何の関連もないように思われますが、村の人の多くは、塚が崎の地下要塞に隠されている金塊に関係があったのではないかと考えているようです。だから村の人は、あの穴の入り口にはだれも近づきません。近づけば殺されるぞとはっきり口にする者もいます。子どもたちにも近づくなと教えています」

源造は長い話を終わってほっとしたようであった。

「よくわかりました。それで紫郎君には、この話をしてないのですね」

「勿論です。両親は漁に出て嵐に会って死んだとだけしか話してはありません。あの子の心に暗い影を作りたくはないからです」

「でも紫郎君は海が好きで、ひまさえあれば海へ行きます。しかも、塚が崎の付近がもっとも紫郎君のお気に入りのところのようです。紫郎君の作文の題材となるのはあのあたりです」

「だから困っているのです。行ってはいけないと言えば、あの子はなぜ行ってはならないかときくでしょう。塚が崎に近づくなと言いたくても言えないのが、私には一番つらいのです」

「これをお読みになってください。いまから紫郎君の心の向きを変えろというのは無理なことです」

恵子は、紫郎の手紙を源造に渡した。

源造はその手紙を一気に読んで深いため息をついた。

5

紫郎は小林先生と二人だけで海岸を散歩したところを同じクラスの子どもたちに見られたら困るなと思った。男の子たちは、面と向かってへんなことを言わないとも限らないし、女の子たちは陰でこそこそと、小林先生と紫郎とがなにか悪いことでもしたように囁き合うかもしれない。小林先生に海に行こうと誘われたときにことわってしまえばよかったのだと思うのである。小さい村だから、小林先生と紫郎が歩いていたことはすぐ知れ渡ってしまうことだろう。ほんとうに弱ったなと紫郎は思った。けれど紫郎は、砂浜に出てしまったら、もう、そんなことを恐れてはいなかった。

紫郎はいつものように波打ち際で波とたわむれたり、いきなり駆け出したり、突然立ち止まって、波に打ち上げられている貝殻を拾い上げたりした。

海水浴場が賑やかだったころは、貝殻は見かけなかったがこのごろは、朝早く海辺に出るとときどき珍しい貝が打ち上げられていた。

「先生、ぼくは貝殻を集めているんです。大きな箱に二つもたまりました」

紫郎は恵子が足元から白い貝殻を拾い上げたのを見て言った。

「ずいぶんたまったのね、一度見せてちょうだいね」

「見せて上げてもいい、ほんとうは先生に全部上げてもいいんだ。だって、これから冬になるでしょう。そうすればいくらでも拾えるんだもの」

「冬の海が好きなの、紫郎君は」

「人がいないから静かです」

「でも寂しいでしょう、冬の海は」

「海ってはじめっから寂しいものではないのかな」

「そうかもしれないわね、でも、海は寂しい中に動きがあるでしょう」

「海には一日に二回ずつ干潮と満潮があります。ね、先生、月の引力によって潮の満ち干が起こるっていうことは、考えれば考えるほど不思議なことですね。引力ってなんでしょう。先生、眼に見えない引力が、眼に見えるように海水を動かすんですよ、先生」

「引力ってなにかってむずかしいことよ。それは人間ってなにかということと同じようにむずかしいことだわ。これから紫郎君が一生かかって考えてもわからないことかもしれないわね。……それでね、紫郎君、今は満ち潮なの引き潮なの」

「引き潮です。潮が引いて行ったあとに石や岩が姿を現わしているでしょう。もう二時間もすると、海の中に頭だけ出しているあの岩もすっかり姿を現わすでしょう」

「ずっと向こうのあの島が止まっているあの島も?」

恵子は島を指して言った。

「あれは鵜の島です。潮の満ち干にはあまり関係なくいつも鵜が住んでいます」

「あ、あれなのね、紫郎君が作文に書いた鵜の島というのは」

恵子が指した鵜の島は日をいっぱいに受けていた。

「それで、紫郎君が岩壁に立った老人を見たというのは、どのあたり?」

恵子は鵜の島へ向けていた眼を塚が崎のほうに移して言った。

「遠いな、もう少し近づかないと」

紫郎は、恵子がなんのために紫郎と二人で海にやって来たのかそのときになってわかった。

恵子は老人の幽霊が出たという岩壁を見たいに違いない。

「先生、これからは足元に注意してくださいよ」

紫郎と恵子は浜辺を三十分ほど歩いて、荒磯に出た。紫郎は彼みずから岩飛びの見本を示すように、岩から石、石から岩へと飛び移っていった。恵子は、その岩から石、石から岩へと飛び移る様子も紫郎の作文を読んで知っていた。彼女はそのときのために、スラックスを穿き、運動靴を履いていた。恵子は紫郎のあとを追った。塚が崎の断崖が眼の前に迫って来た。

紫郎は大きな岩の上で立ち止まって、岩壁を指した。ところどころに草や木が取りついているけれど、ほとんどむき出しの岩壁だった。岩壁の頂は樹木に覆われていた。

「あの岩壁です、黒い顔の老人の幽霊が出たのは」

指し示す紫郎のゆびに顔を揃えるようにして恵子は岩壁を見た。特別に細工をしたあとのようなものはどこにも見えなかった。岩壁の途中まで垂れ下がっている蔓草《つるくさ》が風に揺れていた。恵子はその岩壁を中心として、その周囲を双眼鏡でくまなく観察した。どこにも異常だと思われるものは認められなかった。

黒い顔の老人が立っていたという岩壁には、上からも下からも横からも行けそうもなかった。どうしても、あそこへ行ってみる必要があるとすれば、岩壁に岩釘《ハーケン》を打ちこんで登るか、岩壁の上から、ザイルに伝わって降りて来るしか方法はなかった。

「紫郎君、先生にほんとうのことを言ってください。あなたが見たとおりのことをここでもう一度言ってみてください」

恵子は紫郎の両方の肩に手を置いて言った。紫郎が嘘を言う子だとは考えられなかったが、なにかの理由で錯覚を起こしたということも考えられないことはなかった。紫郎の手紙の中に、なぜならば、なぜならば、ぼくは海の声を聞いたんですと書いてあった。海の声というのは非業の死を遂げた紫郎の両親たちのことを指しているのではなかろうか。紫郎は賢い子だから、村の人たちの不用意に洩らした言葉の中から、両親が殺されたのではないかという疑問を持ったのかもしれない。紫郎は岩壁に消えた老人と、両親の死とを結びつけようとしているのではなかろうか。

「ね、紫郎君、もう一度そのときのことを思い出して、見たとおりのことを言ってくださいね」

紫郎は大きくうなずいた。

「あの岩です。あの岩からぼくが頭を上げたとき岩壁が夕陽を受けて輝いているのを見たのです。そして、一気にあの岩の上に出て、もう一度あの岩壁を見たときに……」

紫郎は言葉をそこで止めた。

「老人が岩壁に背をもたせかけているようにして立っているのを見たのですね」

恵子がそう言っても紫郎は答えずにじっと岩壁を見詰めていた。

「どうしたんです、紫郎君」

「岩壁が変わったんです」

「え、変わった、どのように」

「日に当たって輝いている部分が広くなったような気がするんです。岩壁の周囲にあった蔓草が剝ぎ取られてしまったようにも思われるんです。ほら、岩壁の中ほどまで蔓草が垂れ下がっているでしょう。しばらく前まではあんなふうにはなっていませんでした」

「つまり、問題のあの岩壁の周辺にその後手が加えられたというのですね」

「そんな気がするんです」

わかりましたと恵子はいうと双眼鏡を再び眼に当てた。

「なるほど、紫郎君の言うとおりです。岩壁の周囲の蔓草が剝ぎ取られた跡があります。むしり取られた蔓草は岩壁の途中に枯れたままひっかかっています」

恵子は双眼鏡を紫郎に渡した。

「たしかに人工が加えられている跡がある。しかし双眼鏡だけではあの岩壁がどうなっているかわからないから、あの岩壁の上からザイルで降りて行って確かめてみる必要があるわね」

恵子はひとりごとを言った。

「先生がザイルに伝わって降りるのですか」

「いいえ、私の弟が大学の山岳部にいます。頼めば、そんなことはわけがないと言って引き受けてくれるでしょう。紫郎君が手紙に書いたように、穴の中にはいってみるのもいいけれど、順序として、幽霊が出た岩壁にまず当たってみることでしょうね、常識的にはそのように考えられます」

「大学の山岳部の人たちがいく人も来るのですか」

紫郎は心配そうな顔をした。

「いいえ一人だけで大丈夫だわ、だいいち、今どき幽霊話なんておかしいわ。こんな話はあまり人に話さないほうがいいでしょう。要するに、紫郎君が見たものが、幽霊ではなかったということだけが証明されたらいいのですから。たとえば、あの岩壁に軍が作った隠し扉の仕掛けがあったっていいではありませんか。そして、そこから外に姿を出した黒い顔の老人が金塊亡者の一人であったところで、私たちには無関係なことだと思うわ。そこで先生はね、紫郎君と約束がしたいの」

恵子は改めて言った。

「約束ってなんです」

「あの岩壁の構造がわかったら、紫郎君は、それ以上の興味を抱かないと約束していただきたいの」

「それ以上の興味って？」

「つまり、黒い顔の老人はだれだろうかと考えたり、この塚が崎の地下要塞に金塊が隠してあるかもしれないなどと考えてもらいたくないの。これは先生の意見でもあるし、あなたのお祖父さんの意見でもあるんです。つまりね、紫郎君、あなたはこれから中学に進学する。それから高校、さらに大学へと進学しなければならないでしょう。冒険や探検は大学を出てからでもできることです。いまのあなたが、戦争が残した傷跡の中にみずから踏みこむことはないと思うんです。ね、わかったわね、紫郎君」

紫郎はうなずいた。ね、わかったわねという先生の言葉がわかったからうなずいたのであって、紫郎は心の中では全然別なことを考えていた。

6

小林晴雄《はるお》は茶色のなめし革の胴着《チョツキ》を着て、ニッカズボンを穿いていた。白い長靴下はがっちりした登山靴によく似合った。彼がかぶっている登山帽にさしてある鳥の羽根は朱で染めたように赤かった。

小林晴雄は荒磯の岩の上に立って塚が崎の岩壁を見上げていた。腕を組んだままの彼の体は動かないが、彼の顔は動いていた。

岩壁の隅から隅まで眺めまわしているのだと紫郎は思った。さんざ眺めてから、今度は双眼鏡を眼に当てて、岩壁に熱心に見入っていた。双眼鏡が上下に動いていた。きっと小林晴雄は、その岩壁を登るつもりで、その登攀路《とうはんろ》を探しているのだろうと紫郎は思った。

「どう晴雄さん」

と恵子が弟の晴雄にきいたが、晴雄は、答えなかった。うるさそうな眼を姉の恵子にちょっと向けただけだった。まかせておいてくれというような眼でもあった。

晴雄は荒磯の上からじゅうぶんに岩壁を観察してから、双眼鏡をルックザックの中にしまって背負うと、岩壁の方に向かって荒磯の岩の上を飛び移っていった。紫郎にはどんなに頑張っても飛び越えられそうもないようなところを晴雄はいとも簡単に飛び越えて、断崖の真下の海の中から頭を出している岩に飛び移った。紫郎も恵子も、そこまでは行けないから、晴雄のやることを眺めているだけだった。

晴雄は手を延ばして岩壁に触れた。岩壁を撫でてみたり、叩いてみたりした。それだけでは承知できないらしく、晴雄はルックザックの中から長い紐のついた金槌《ハンマー》を取り出して、紐を首にかけてから金槌の柄を握って、

（おいこら、岩壁、この金槌で叩いてやるからな）

と言いたそうな顔で、岩壁と睨めっこをしていた。紫郎のところからは晴雄の顔は見えない。紫郎は金槌を振り上げたまま岩壁を見上げている晴雄の姿勢から、彼の表情をそのように想像したのである。

晴雄は岩壁を叩いた。強く叩いたり、弱く叩いたり、岩を叩きながら耳を岩壁にくっつけたりした。

晴雄は彼が立っている岩から手が届くかぎりの岩壁を金槌で叩いてみてから、ポケットに手を突っ込んで、岩釘《ハーケン》を一本つまみ出すと、それを岩壁の小さな隙間に打ちこんだ。ハーケンは普通の釘のように細くて長い釘ではなく、幅が広くて厚さが薄い。しかもそのひらべったい釘の上部に、おやゆびほどの穴があいていた。登山家だけが使うものだった。

ハーケンはなかなか岩の中にはいらなかった。ハーケンを岩に打ちつけるカーンカーンという音がおしよせて来る波の間に交じって聞こえた。

晴雄は岩壁に打ちこんだハーケンに楕円形の鉄の輪をかちんとはめた。それはカラビナという岩登りに使う道具だった。晴雄はカラビナにルックザックから取り出した赤い色のザイルを懸けた。

晴雄はこれだけの仕事が終わると、恵子と紫郎に向かってにやりと笑った。

「やるぜ」

と言っているようであった。

彼はザイルを両手にしっかり握ると、力いっぱい岩をけった。彼の体は岩壁にぴったりとついた。彼は、両足を岩壁にかけて、ハーケンが打ってある支点を中心にして、岩壁の上を左右に移動した。足で岩壁との感触を楽しんでいるようであった。彼は岩壁上を時計の振り子のように左右に何度も何度も移動してみてから、もとの岩に降りて、ザイルをカラビナからはずし、その次にカラビナをハーケンからはずしたが、ハーケンはそのままにした。彼は岩壁に背を向けると岩を飛び越えて紫郎と恵子のいるところに戻って来た。

「嫌な岩だ。登ろうとしてもつるつるしていて手掛かりとなる岩の出っぱりが少ない。ハーケンを打ちこむにも岩の隙間もない。この岩壁は簡単には登れそうもないから、上からザイルを使って降りてみよう」

「やはり、そうなのね」

恵子は言った。恵子は岩壁登攀のことはくわしくは知らないけれど、弟の晴雄から聞いていたうろ覚えの知識ではこの岩は登るよりも降りた方がいいだろうと思った。そのとおりのことを晴雄が言ったので恵子はやはりと言ったのである。

「ここで待っていてくれ、すぐ戻ってくるからな」

晴雄は、紫郎に言った。どこへなにしに行くとも言わずに、晴雄は、ザイルをルックザックに入れて背負うと、富浜海水浴場の方へ歩き出したが、途中で方向を九十度変えて、浜から県道へ向かった。

浜から県道にはいるちょっと手前に神社があった。神社の裏山は塚が崎に続いていた。紫郎は、晴雄が神社の裏山伝いに塚が崎の断崖の上に出ようとしているのだと思った。距離は近いけれど藪がひどいからたいへんだと思った。

間もなく神社の裏の藪の中を歩いている晴雄の姿が見えたが、すぐ樹木の間にかくれた。恵子が言った。

「神社の方から迂回してこの岩壁の上に出ようっていうのだわ」

二十分ほど待っていると、突然塚が崎の絶壁の頂の木の繁みの中からヤッホーの声が聞こえて来た。頂上付近は常緑樹が密生しているから晴雄の姿は見えなかった。それにしても、あんな藪の中を二十分でよく登れたものだ、やはり晴雄は大学の山岳部員だけのことはあるなと紫郎は思った。

「すぐ戻って来るなんて言って……」

恵子は弟の晴雄のやり方に少々腹を立てているようであった。

晴雄の姿が岩壁の上部に現われた。彼は赤い二本のザイルを体にからませるようにし、その端を岩壁上に長く延ばして、両手でザイルを支え、両足で岩壁をけるような格好で、するすると岩壁を降りて来た。危険感はなかった。晴雄はただの遊びをしているようにしか見えなかった。

「気をつけてね、晴雄さん」

恵子が叫んだ。あまりにも容易に晴雄が黒い顔の老人の幽霊が出たという岩壁に近づこうとしているから警告したのだった。晴雄の動きが止まった。姉の叫び声を聞いたから動きが止まったのではなく、彼自身が動くのを止めたのだった。動きが止まったのと、赤いザイルが上から落ちて来たのと同時だった。

(ザイルが切れた)

紫郎はそう思った。次の瞬間、岩壁を真っ逆様に落ちて来る晴雄を想像した。紫郎は眼を覆いたい気持ちだった。

落ちて来るザイルといっしょに小石が晴雄の上に降りそそいだ。土煙が上がって、赤いザイルも、晴雄の姿も見えなくなった。紫郎は呼吸が止まるほどの思いで、その土煙が消えるのを待った。土煙は間もなく消えた。晴雄は赤いザイルを口にくわえて、両手を岩の出っぱりにかけて、岩壁に張りついていた。張りついているように見えてはいるけれど、垂直な岩壁だから、両手を岩の出っぱりにかけて、ぶら下がっていると同じことであった。紫郎は、晴雄が履いている靴の裏を見た。ぞっとする思いだった。そんな姿で晴雄は長いこと岩壁にぶら下がっていることはできないと思った。

恵子は真っ青な顔をしていた。恐ろしさで、声も上げられないようだった。恵子はふるえていた。紫郎はなんとかしなければならないと思った。なんとかしなければ晴雄は落ちて死ぬだろう。しかし、どうしたらいいかわからなかった。

晴雄のぶらぶらしている両足の動きが止まった。彼は、両腕に力をこめて、彼の体を上部にずり上げようとしていた。彼の体が少しずつ、岩壁をずり上がって行った。

（頑張れ、晴雄さん、頑張っておくれ）

紫郎は声をかけてやりたかった。晴雄の右手の肘が岩の出っぱりの上に出た。彼はそこで何度も体をよじった。左手の肘が岩の出っぱりに出た。晴雄は両肘を立てて、一気に体をその岩の出っぱりの上に引きずり上げた。晴雄はそこで呼吸を整えているようだった。呼吸を整えながら、上の方を警戒しているふうであった。彼が口にくわえている赤いザイルの端が揺れていた。

なにかが上で起こったのだ。

紫郎は心配だった。岩壁にひとりぼっちにされた晴雄はいったいこれからどうするつもりだろう。しかし晴雄はいっこうにあわてるふうは見せなかった。彼は、その岩の出っぱりに立って、体を岩壁にぴったり張りつけるようにしたままで、すばやく岩壁に一本ハーケンを打ち、それにカラビナを取りつけ、ザイルを掛け、ザイルの端は彼の腰に巻いて結んだ。まず第一に身の安全を守ってから、そこから一メートルほど離れたところのもっと足場のしっかりしたところに移動した。老人の幽霊が出た岩壁はそこから数メートルのところにあった。

「晴雄さん……降りて来て……危険だからすぐ降りて来て……晴雄さん……」

恵子が必死になって叫んだ。

晴雄はちょっと恵子の方を見た。問題の岩壁に近づくためには、さらに二、三本のハーケンを岩壁に打たねばならなかった。

晴雄は問題の岩壁を眺めたり、上を眺めたりした。ザイルが落ちて来た原因が納得できないようであった。

晴雄は姉の言葉に従って、それ以上、問題の岩壁に近よることをやめた。彼は岩壁に打ちこんだハーケンに長さ六十センチほどの白いザイルを通して、それを輪に結んだ。

「あの白いザイルの輪のことを捨て縄っていうの、あの岩壁にそのまま捨ててくるから捨て縄っていうのよ」

恵子が紫郎に教えてくれたが、紫郎はなぜそんなことをしなければならないかわからなかった。

晴雄は捨て縄に赤いザイルを通した。ザイルは捨て縄のところで折り返しになるから二本になる。晴雄はその二本の赤いザイルにすがって、岩壁を蹴とばすようにしながら降りて来て、さっき晴雄がハーケンを打ちこんだ岩壁の下の岩の上に立った。

そこで晴雄は赤いザイルの片方を引っ張った。ザイルは、捨て縄から抜けて、岩壁をすべり落ちて来た。

白い捨て縄の輪が岩壁の上に耳かざりのように残された。

「どうしてもわからないことがあるから、もう一度行って来なければならない」

晴雄はザイルをまとめると恵子にそう言い残して恵子の止めるのも聞かずに、荒磯を飛び越えて再び神社の裏の藪の中へはいって行った。またヤッホーが聞こえるかと思ったが、今度は聞こえなかった。

　晴雄は三十分後に帰って来た。

「頂上近くに生えていた松の木の根元に結びつけておいたこの捨て縄の結び目がほどけたのだ。だからこの捨て縄にかけておいたザイルがずり落ちて来たのだ」

「そんなことがちょいちょいあるの」

「冗談言うな、岩壁を登攀するのも降りるのも命がけの仕事だ。結び目がとけるようなしばり方をだれがやるものか」

「でも、この捨て縄はほどけたのよ」

「だれかがほどいたのだ。そうとしか考えられない」

　晴雄が言った。

「殺そうとしたのね、あなたを」

「結果的にはそういうことになる」

　晴雄は岩壁をにらんだまま突っ立っていた。冷たい風が海の方から吹いて来た。岩壁の上部の山桜の一叢《ひとむら》の落ち葉が風に舞っていた。岩壁は白い表情をしていた。太古から、このままであったように無表情であった。

7

海の水は日に日に冷たくなって行った。海を渡って吹いて来る風も日に日に冷たくなって行った。

紫郎は、晴雄が同じ大学の山岳部の仲間を連れてやって来て、徹底的にこの岩壁を調べてやると言って帰ったきり、音沙汰がないのは、岩壁探検に興味を失ったのか、それともなにか他の理由があるのか、恵子にきいてみた。

「晴雄たちの山岳部は来年のヒマラヤ遠征を控えて、その準備にいそがしいのよ。でもいつかはきっとやって来るわ、晴雄は嘘を言うような男ではないから」

恵子は晴雄のために弁解したけれど、紫郎には、晴雄はもう二度と来ないような気がしてならなかった。

(大人って案外意気地がないのだな、一度おそろしいことがあるともうあきらめてしまう)

紫郎はそう思った。晴雄に期待することはやめようと思った。やはり、岩壁の秘密は自分ひとりで解かねばならないと思った。

晴雄は意気地がないのではなかった。晴雄が、彼の友人の山岳部員たちに、老人の幽霊が出た岩壁の話をしても、だれも本気になって聞いてくれないのである。

「新作怪談か、それは……」

彼らはそう言った。地下要塞に金塊が隠してあるなどと話すと、彼らは腹を抱えて笑うのである。

「ばかばかしい。きさまはそんなお伽話を本気にしているのか。そんなことにうつつを抜かしているやつはヒマラヤ遠征隊員には加えてやらないぞ」

と先輩に言われた。晴雄が、ザイルにすがって下降中に、捨て縄がほどけて危うく死ぬところだったと話すと、先輩の一人は、ザイルの切れ端を持って来て、

「おい、これで捨て縄の輪をこしらえてみろ」

と言った。

晴雄が言われたとおりにすると、その結び目を検査した先輩は、

「ばか野郎、こんな結び方をしたから、結び目がほどけて、ザイルがずっこけたのだ。もう一度やり直せ。魂を入れて結ぶのだ」

と晴雄を叱った。晴雄は、あの話をだれも身を入れて聞いてはくれないのだなと思った。あのとき、捨て縄はしっかり結んだ。先輩に叱られるようなことはしていない。先輩が怒っているのは、晴雄が老人の幽霊が出た岩壁の探検のために山岳部員の応援を求めようとしたからだった。

晴雄は姉の恵子に、岩壁の探検はしばらく延期することを手紙で知らせた。あきらめたので

はない。今は大学一年生だから先輩に抵抗はできない。二年生になり、三年生になったときは、必ず数人のしっかりした山岳部員を連れて塚が崎へ出掛けるつもりだから、それまで待ってくれと書いた。

恵子はその手紙を紫郎に見せようかどうかと考えたけれど、結局やめた。手紙を見せても紫郎が、それこそ晴雄のいい逃れだと思えばそれまでのことだった。

恵子は、紫郎の心の中に鉛のように沈んでいる、老人の幽霊が出た岩壁のことをはやく解決してやりたかった。そうしないと、紫郎はひとりで穴の中へはいってしまうかもしれない。それはきわめて危険なことのように思われた。恵子は他の教員にこのことを話してみようかとも思ったが、それとなく、この村にある地下要塞のことを教職員たちに聞くと、彼らのほとんどは、三浦源造から聞いた程度のことを知っていた。いま、ここで紫郎の話をしても彼らは、また金塊亡者の話かというぐらいのことで、紫郎の心の動きについて親身になって考えてくれる者はなさそうだった。

(結局、私が紫郎君を見てやる以外にだれも見てやる人はいないのだわ)

恵子は、このごろ、なんとなく沈み勝ちに見える紫郎の顔を思い出していた。

十二月にはいってから職員会議が続いた。会議が終わるのはたいてい暗くなってからである。暗い夜の道をひとりで歩いて帰るのはあまり気持ちのよいものではなかった。夏場はともかく、冬は、この村には村の人しかいないからどんなに遅くにひとりで歩いてもこわいことはないと同僚は言ってくれるけれど、恵子には、夜になると、カシの木の垣根でかこまれた家の一軒一軒が黒い大きな城のように見え、その城と城との間のせまい道には、なにかがじっと潜んでいるように思われてならなかった。

その夜、恵子は職員会議を終わって、九時に学校を出た。途中まで同僚の教員に送られて来たが、あと百メートルほどのところで、その教員と別れた。彼女はそこから走った。もともと恵子は運動が得意だったし、その日はかかとの低い靴を履いていたから、一生懸命走るとかなりの速さになった。角を二つ曲がって右側に彼女の下宿をしている家があった。

恵子が二つ目の角を曲がったときであった。彼女は向こうから歩いて来る人を見た。びっくりした。暗くてよくわからないけれど人であることには間違いがなかった。恵子は走るのをやめた。相手がなにか悪いことでもしようとしたら大きな声を立てようと思った。彼女は持っていたコウモリ傘の柄をしっかり握った。黒い影は突然、踵《きびす》を返して、彼女の前から遠のいて行った。二十メートルほど先に彼女の下宿の門があり、そこに門灯がついていた。怪しい影はその門灯の下を背を丸めるようにして通って行った。縞《しま》の着物を着た男のようだったが、年齢《とし》のころはわからないし、顔は全然見えなかった。

彼女は母屋に寄って、帰って来たことを告げた。家族はまだ起きていてテレビを見ていた。

「どうしたのです。青い顔をして」

その家のおかみさんがきいた。恵子は、たった今、外で見たことを話した。

「安ですよ、それは。子どもたちに言わせると、クルクルパーの安ですよ、頭が少しおかしいけれど、悪いことは絶対にしたことがないという、この村の一種の名物男ですよ」

おかみさんは声を上げて笑ったあとで、安の履歴について話した。

安は戦争中、なかなか羽振りを利かせた下士官であったが、終戦直前に、地下要塞の工事中、頭に怪我をして以来、妙に人を恐れるようになった。終戦後家族が引き取りに来たが、家族の姿を見ても逃げ出す始末だった。その安はどうしたものか、この村から去るのをこばんだ。いつの間にか、空家同然になっていた村はずれの小屋に住みついたのである。

「安は日が暮れてから家を出て歩くのです。人と顔を合わせるのがいやだからです。知らない人はその安に出会ったらびっくりしますよ。でも、この村の人は安の夜歩きのことを安の夜番だと言っています。たった一度だけだけれども、あの安が風呂場の火の不始末から危うく火事になりそうになったのを見つけて知らせてくれたことがあります。安は着物以外は着たことがありません。よほど着物が好きなのでしょうね。安は人嫌いだから、人に顔を見られたとき、顔をかくすのに、着物のほうが便利だからそれを着ているのだと言う人もいます。安は口もききませんが、たいがいのことはわかるようです。クルクルパーでも、できのいいクルクルパーでしょうね」

恵子はおかみさんが、上がってお茶でも飲んでいけというのをことわって彼女が借りている隠居所の方へ行った。

部屋に上がりこんでから彼女は、安がこの家の近くにいたのに、なぜ犬が吠えなかったのだろうかと思った。二頭の犬は、恵子に馴れていて、恵子が帰って来ると喜んで飛びつくのだが、今夜はどこかに遊びにでも行ってしまったのか見えなかった。この村では夜になると繋いである犬を放す習慣があった。

恵子は電灯をつけた。隠居所は母屋と同一構内にあるのだが、独立家屋であることには間違いなかった。恵子はその小さな家にひとりで住んでいることを今さらのように思いかえしてみた。彼女は台所にはいって、夕飯のしたくをした。小さい家だけれど、台所もあるし、便所もある。ないものは風呂場ぐらいのものであった。風呂は母屋でたてたときに入れてもらっていた。

恵子は遅い食事を台所ですませて、部屋に戻って机の前に坐った。きのうの午後、算数のテストをやった。その答案を見なければならなかったからである。彼女は机の引き出しをあけた。答案用紙はきちんと揃えて、正確に机の右の隅に置いたつもりだったが、それが動いていた。大きく動いてはいなかったが、きちんとしていないから、恵子は、すぐその答案がだれかによって動かされたことに気がついた。

「いったい、だれがこの部屋へはいって引き出しを開けたのでしょう」

母屋にいる家族の者であろうか。母屋のだれ彼に疑いをかけるのはよくないことだが、だれかがはいって来て引き出しを開けたことは間違いない事実だった。

彼女はなにか失くなったものはないかどうかを調べた。そういうものは見当たらなかったけれど、机の中のものをかなりていねいに調べたような形跡があった。

彼女は机の一番奥にしまっておいた紫郎の手紙を出してみた。原稿用紙に作文と同じような形式で書いた紫郎の手紙は四つ折りにして置いてあった。それが二つ折りになっていた。

「だれかが開いて読んだのだわ」

恵子は机の前の柱の状さしに入れてあった、晴雄の手紙へ眼をやった。恵子は、几帳面な性格だから、晴雄の手紙は状さしの底に届くようにきちんと差しこんでおいた。しかしいま見ると、その手紙は状さしにちょっとはさみこんであるだけであった。だれかが読んだのだ。

「いったいだれが私の部屋にはいったのでしょう」

恵子は、無断で彼女の部屋に侵入した者が、まだその辺にかくれているような気がしてならなかった。

恵子は外に出て犬を呼んだ。

犬は二頭とも帰って来ていた。恵子は犬を戸口に待たせておいて、押し入れを開けてみた。だれもいなかった。押し入れまで引っかきまわされた様子はなかった。彼女は懐中電灯をつけて外に出た。足跡でもないかと思ったのである。濡れ縁に懐中電灯を当ててみると、そこに犬の足跡があるだけだった。

恵子は、そのことは母屋の人には言わなかった。気を悪くさせないためであった。もし外部から人がはいったとしたら、いったいそれはなんのためであろうか。

恵子は、紫郎が見たという黒い顔の老人のことをふと思い出した。その顔は知らない。なに者かもわからない。突然、その老人のことを思い出したことさえ予期しないことであった。

「なんのために、いったいなんのために私の部屋に人がはいったのでしょう」

彼女は叫んだ。そしてその自分自身の声に、恵子はおびえた。

8

塚が崎は三浦半島の台地から相模湾に向かってぐんと腕をつき出したように延びていた。台地の続きはほぼ平坦な地形でいちめん大根畑になっていた。大根畑を塚が崎の先端に向かってどこまでも歩いて行くと断崖に行き当たる。塚が崎の先端は三方がこの断崖にかこまれているから、ここに出るには台地の方から大根畑を通って行くしか道はない。

大根畑と断崖との境界には林がある。林の多くは常緑樹でその中に山桜が入り混じっている。上から岩壁を覗くことはできない。

塚が崎の先端を形成しているこの林はおそらく太古からあったものに違いない。林に手が加えられてないのは、この林が大根畑の防風林として大事な役目をしているからであろう。

十二月になると、大根はかなり育って、東京方面に出荷されて行く。この地は付近に暖流があるから比較的温暖な気候に恵まれていた。

この塚が崎の大根畑と防風林との間に塚が三つある。円形古墳である。昔、この地に住んでいた長者一族の墓だと言われていた。大塚村や塚が崎の呼称が出たのはこの古墳があったからであろう。

この付近の人は三《み》つ塚《づか》と呼んでいた。三つの塚のうち一番海に近い塚からさらに海のほうに寄ったところに、青屋根の別荘があった。別荘へは大根畑の農道を通って、行けないことはなかったが、別荘の専用道路がついていた。別荘から出た専用道路は大根畑の中を通り抜けて坂を南側におりたところで松浦のヨットハーバーへ行く県道とつながっていた。その別荘から、松浦のヨットハーバーまでは歩いて二十分足らずのところだったが、大塚村に出るには、いったん松浦の県道に出てから県道沿いに歩いて行くのでまわり道になった。それでも紫郎の足ならば、紫郎の家から歩いて五十分かかれば行きつくことができた。

この付近の別荘には冬はほとんど人は来ない。留守番のいない別荘の方が多かった。塚が崎の青屋根の別荘には白い髯の老人がひとりで住んでいた。村の人はその別荘のことを白髯《しらひげ》さんの別荘と呼んでいた。

紫郎はこの老人とは顔見知りであった。ときどき海辺で会ったり道で会うこともあったが、まだ話をしたことはなかった。

紫郎が白い髯の老人と親しくなったのは、十二月の中ごろの日曜日であった。

紫郎は塚が崎の先端をまわってみたいという希望を以前から持ち続けていた。富浜海水浴場の方から、まわりこむことができないとわかってからは、松浦のヨットハーバーの方から北に向かって、塚が崎をまわることはできないものかと考えて、一月《ひとつき》に二度やって来る大潮の日を待って、ヨットハーバーの方から磯伝いに行ってみたことがあった。やはり、塚が崎の断崖とその先の深い海にさえぎられてまわりこむことはできなかった。

その日紫郎は、松浦のヨットハーバーの裏側から林の中にはいって、塚が崎の頂に抜けてみようという計画を立てた。頂上付近には、晴雄が捨て縄を結びつけた松の木があるはずだ。その松の木から、晴雄が歩いたように、林と藪を抜けて神社の裏へ出ようと思った。だれも歩いたことのないところである。

紫郎は予定を立てるとそのとおりに行動した。海には出ずに、県道に出て、神社と寺の前を通り、坂道を上がって台地に出て、また坂を降りたところで、十字路を西の方に折れてヨットハーバーに降りて行った。

冬の間は閑散としていて、陸に引き上げられたヨットが日向《ひなた》ぼっこをしていた。

紫郎は林の中にはいりこんだ。木が密生していて、思うように歩けなかった。紫郎は密林ということばを頭に思い浮かべた。鉈《なた》で木を切って進まないと行けそうもなかった。紫郎はあきらめて、元の道に引き返した。ヨットハーバーは冬の日ざしの中になにか物憂げであった。紫郎が白い髯の老人に会ったのは、そのヨットハーバーであった。

白い髯の老人はヨットにペンキを塗っていたらしかった。そこにペンキの材料や刷毛《はけ》があった。老人は作業衣を着ていた。

老人は苦しそうなうめき声を上げていた。急病でも起こしたらしかった。付近を見まわしてもだれもいない。

「どうしたんですか」

紫郎は白い髯の老人を助け起こそうとした。

「ああ、きみか」

と老人は紫郎を見て言った。紫郎とはときどき会って顔見知りだから、きみかと言ったのか、それとも、なにかの理由で白い髯の老人が紫郎のことを知っているのか、そのあたりのことはわからなかった。

「すまないが、私の家へ行って、薬を持って来てくれないか。薬は、はいってすぐ左側の居間の机の上にある」

白い髯の老人はそれだけのことを言うのが精いっぱいのようであった。

「鍵はかかっていないのですか」

「ああ、かけてはない」

老人は突然、咳きこんだ。はげしい咳きこみ方だった。いまにも呼吸が止まりそうだった。

紫郎は駈けよって老人の背を撫でてやったが、老人は、紫郎の手をふり切るようにして、はやく行けと身ぶりで示すのであった。

紫郎は走った。急いで薬を取って来ないと老人は死んでしまうかもしれないと思った。死んではいけない。あんなところで死なせたらかわいそうだ。紫郎は一生懸命に走った。ヨットハーバーから台地に出る坂道を一度も休まずに走り上がって、大根畑の中の道を一直線に別荘に向かって走った。

別荘の扉には鍵はかけてなかった。はいってすぐ左の部屋にはいると、老人が言ったように居間のテーブルの上に薬のはいった袋が置いてあった。袋の上から触れた感じではどうやら粉薬らしかった。

紫郎は薬袋をポケットに入れて、すぐ家を出ようと思ったが、その粉薬は水がないと飲めないことに気がついて台所を探した。台所はすぐわかった。紫郎は薬缶に水をいっぱい入れて、そこにあったコップを持った。ひょいと顔を上げると海が見えた。窓に近よると眼の下に鵜の島が見えた。

大根畑の方からは別荘の建物にかくれてよく見えなかったが、別荘の海に面した方には小さな庭があった。見晴らしをよくするために、防風林の木が切り払ってあった。別荘は意外に岬の先の方に建てられていたのであった。ここから鵜の島が見えるのだから鵜の島から先の海上ではこの別荘はよく見えるだろうと思った。紫郎はちらっと別荘の庭や、鵜の島を見てそう思ったのであってゆっくりまわりを見ている暇はなかった。彼は薬と水を入れた薬缶とコップを持ってヨットハーバーに走った。往復で二十分はかかった。

老人は薬を飲み、水を飲んだ。薬を飲んだが、すぐには咳はおさまらず、またはげしく咳きこんだ。紫郎は老人の背を撫でてやった。老人はひどく咳きこみ、少し間をおいてまた激しく咳きこんだ。その咳と咳との間が少しずつ延びて行った。やがて老人の咳は止まった。老人は深いため息をついて、

「助かったよ。きみのおかげだ」

と言った。

「でもよく水のことに気がついたな、私は薬を持って来てくれとは言ったが、水を持って来てくれとは言わなかった。しかしきみはちゃんと持って来た。利口なんだな、きみは」

老人に利口だと讃《ほ》められたから紫郎はちょっと照れた。

老人はその辺を取り片づけながら言った。

「私はこのとしになっても海が忘れられない。もうヨットには乗れないが、ヨットで海を走りまわっていたころのことが忘れられない。だからこうしてヨットの手入れをしてせめて自分をなぐさめているのだ。これで結構楽しいものだ。一昨日も昨日も来た。いつも薬と水を持って来たのに今日に限って、どうしたのか薬を忘れて来た。一昨日も昨日も喘息の発作が起きなかったから、つい気を許してしまったのだ。きみが薬を持って来てくれなかったら、どうなったかわからない」

老人は歩き出した。まだ足取りがしっかりしていなかったから、紫郎は薬缶とコップをさげ

て老人のあとをついて行った。別荘の入り口まで送って帰るつもりだった。

「名はなんて言うのだね」

老人は坂の途中で立ち止まって紫郎に訊《き》いた。

「三浦紫郎です」

「三浦といえば、大塚村の三浦義澄の子孫の三浦の一族かね」

大塚村には、三浦はいく軒《けん》もあった。

「そうです。うちのお祖父さんが言うには、ぼくの家は三浦義澄の直系なんだそうです」

「きみのお父さんの名は」

「三浦義造、でも父はぼくが二歳のとき、海で死にました」

「海で死んだ？」

老人はびっくりしたような眼をした。

「母もいっしょに死んだんです。乗っていた舟のエンジンが止まって、嵐から逃げ出せなかったのだそうです」

「そうだったのか」

老人の顔色が変わった。彼は眼を地上に落とした。紫郎はもしかすると老人は父のことを知っていたのかもしれないと思った。それからはなにも言わずに、老人はゆっくりゆっくりと坂を登り、大根畑を横切って、別荘のところに来ると、

「しばらく遊んでいかないかね、おいしいクルミを御馳走しよう」

と言った。

紫郎は言われるままにした。老人は紫郎を海の見える広間に案内した。そこから見る海はなにかおそろしげに見えた。海の色が青すぎるからであろうか。

「おじさんの名はなんて呼んだらいいの」

老人がガラスの容れ物にクルミをいっぱい入れて持って来たとき紫郎がきいた。

「悪かったな。きみの名をきいて、こっちの名を言わないなんて、そうだ紫郎君、私の名前は村の人たちが呼んでいるように白髯と呼んでくれないか、呼び捨てがいやなら、白髯さんでいい」

老人はそのとき初めて白髯をしごいた。見事な長い髯だった。

「食べないか。私は長い間船乗りをしていた。毎日毎日、海ばかり見て暮らす生活の中では、食べることだけが楽しみになる。私は山の中で取れたこのクルミが大好きだった。クルミを割ると山のにおいがぷんと鼻をつく。故郷のにおいが、日本のにおいがクルミの中に秘められているように感じたものだ。私はいまでもクルミを食べている。クルミはなんとなく気品がある。それにクルミは洋酒にぴったりだ」

老人は広間の棚に眼をやった。洋酒の瓶がずらりと並んでいた。老人は洋酒の瓶が並んでいる棚からクルミ割りを持って来てクルミをそれに挟んで割ってみせた。紫郎は、黒光りがする木で出来ている、クルミ割りを珍しそうに眺めていた。ペンチのような形をしているけれどペンチではない。それはクルミを割るためだけに作られた一種の道具なのだ。

老人は、クルミの固い殻を真っ二つに割って、中から白い、しなびた肉を取り出してみせた。クルミが割れると香ばしいにおいがした。

「今度はきみがやってごらん、ここをこう挟んで、あまり力を入れないように、静かにしめつけるように割るのだ」

紫郎は老人の言うとおりにやったが、クルミはこなごなになった。その割れたクルミを食べてから、また割ってみた。三度目にとうとううまく割れた。

「白髯さん、ほら上手に割れた」

紫郎は、そのクルミを老人に見せた。

「たいしたものだ。きみは利口なだけではなくなかなか器用なんだな、そして素直だ。白髯さんと私のことを呼んでくれてありがとう。どうだね紫郎君、友だちになろう。長いこと海にいたから、海の話ならたくさん知っている。遠い外国の海のことも日本の海のこともよく知っている。きみは海が好きだから、きっと私の話を面白く聞いてくれるだろう」

白髯の老人は眼を海に投げた。

9

一月になると寒い西風が毎日吹いた。海は荒れている日が多かった。朝早く起きて浜に出ると、砂浜に真っ白な霜がおりていることがあった。浜が一夜のうちにコンクリートのように凍ってしまったのかと思うほどだった。しかし、それは表面だけで、その上を踏むとちゃんと足跡がついた。

その霜を置いた砂浜も、日が昇るとすぐまたもとどおりの乾いた砂浜になり、午後になって、きまって吹き出す風に当たると、浜の砂はさらさらと音を立てて動き出すのである。風が強くなると、浜辺の砂は、浜いちめんに砂の縞模様をえがくことがあった。さらに強い風が吹くと、浜辺の砂は小さな波のうねりのような起伏を作ったり、それをこわしたりする。だがその砂のうねりも、日が暮れて風が止むとそのままの姿で夜を迎える。夜になると風は静かになるけれど、海は一晩中荒れている。波の音で眠れないような夜がいく晩も続くことがあった。

その朝も紫郎はいつものとおりの彼の散歩道を塚が崎に向かって歩いていた。海のつぶやきを聞きたいけれど、月の初めの大潮は過ぎて、次は月の半ば過ぎまで待たねばならなかった。黒い顔の老人の幽霊を岩壁に見て以来、月に二度の大潮のときには、必ず、あの岩に耳を当てて、母のすすり泣きの声を聞こうとしたけれど再び聞くことはできなかった。けれど、海のつぶやきは相変わらず、なにか、ぶつぶつと彼に告げようとしていた。紫郎は荒磯に出て、岩と石、石と岩の間を飛び越えた。思い切って飛ぶと、前に飛び越えることのできなかったところも飛び越えることができた。

紫郎は、とうとうその岩の手前に立った。その岩というのは、去年の秋、晴雄がその岩に立って、岩壁にハーケンを打った岩であった。そのハーケンはそのまま残っていた。紫郎はその岩を晴雄岩とひそかに呼んでいた。

「おい紫郎、くやしかったら、飛び移ってみろ」

晴雄岩はそう言わんばかりに光っていた。あれ以来、紫郎は、岩から岩へ飛び移る練習をやった。それは、晴雄岩に飛び移るためであった。晴雄は岩壁から逃げた。もう彼は来ない。彼は大人のくせに臆病者だ。紫郎は臆病者の晴雄に負けたくなかった。晴雄に勝つためにはその岩まで飛び移らねばならない。紫郎は岩飛びにはかなり自信がついていたが、まだ少々不安であった。やりそこなったら、岩と岩の間の海の中に落ちる。間違いなく怪我をするだろう。

紫郎はその岩を睨んだまましばらく立っていた。

(見ていろ、今日こそ飛び移ってやるぞ)

紫郎は決心した。

紫郎はじゅうぶんに呼吸を整えて、腰をいくらか落として、体を前後に大きく振って反動をつけて飛んだ。足が固い岩に触れたとたんに前へつんのめりそうになった。彼は危うく体を持ちこたえた。

（どうだ。とうとう飛び越えることができたぞ）

紫郎は晴雄岩に立って、眼の前にそびえ立つ岩壁に晴雄が残していったハーケンに向かって言った。やってみればできるものだと思った。やろうとしなかったら、一生かかってもこの岩に飛び移ることはできなかったに違いない。

紫郎は眼を頭上の岩壁に上げた。晴雄がつかまった岩も、黒い顔の老人の幽霊が出た岩壁も頭上にあるのだが、あまりに断崖に接近しすぎたためかよく見えなかった。

紫郎は晴雄がやったように、岩壁を撫でてみた。波や潮風に洗われて表面は滑らかになっていた。拳をかためて叩いてみたが反応はなかった。やはり金槌《ハンマー》でないとだめだなと思った。

紫郎は岩に耳をつけた。荒磯のつぶやき岩の近くだからなにか物音が聞こえるかもしれないと思ったのである。

なにか重いものを動かすような音がした。岩の内部ではなく、岩の上部だった。大きな岩か石でも動かそうとしているような音が聞こえた。

紫郎は岩壁から耳を離して、身体を弓なりにして岩壁を見上げた。それでも、異常な音の出どころがわからないから、晴雄岩の端まで身を引いて上を見上げた。

石の崩れる音がした。大きな岩が上から落ちて来た。その一つは紫郎を狙っていた。紫郎は本能的に身をそらせて、その石をよけようとしたはずみに足を滑らせて海に落ちた。

紫郎の体は海の中に沈んだ。岩と岩の間のその海はかなり深かったから怪我はなかった。もし、そこが浅瀬になっていたり、岩が出ていたら、彼は大怪我をしたに違いなかった。彼の後を追うように大小無数の岩や石が彼の付近に落ちて来たが、運よく紫郎の体には当たらなかった。彼の体は海底を蹴って浮上した。紫郎は岩の陰にかくれてしばらく様子をうかがっていたが、それ以上岩が崩れるようなことはなさそうだったから、泳いで別の岩に這い上がった。気が遠くなりそうなくらいに寒かった。彼は二つ三つ隣の岩に飛び移って、岩壁全体がよく見えるところまで来た。岩壁に穴がぽっかりあいていた。しかもその穴のあいたところは、黒い顔の老人の幽霊が出たところだった。

(偶然であろうか、偶然に岩が崩れ落ちて来たということであろうか)

紫郎は黒い穴を睨んだ。その穴の奥で黒い顔の老人が薄気味悪い顔で笑っているように思われてならなかった。

紫郎は走った。思いっきり走らないと、そのまま体が凍ってしまいそうだった。走っても走っても、体は少しも暖かくならなかった。

紫郎は家へ駈けこむとそこに倒れた。夢中で走ったので胸が苦しくなったのである。源造とぬいの叫び声が耳元でしているけれど、なにを言っているのかわからなかった。

ぬいが着替えを持って来てくれた。

乾いたタオルで体を拭いて着替えが終わったとき紫郎は、ふと、だれかが、自分を殺そうとして、岩壁から岩や石を落としたのではないかと思った。

「どうしたのだ」

「岩が落ちて来た。だれかがぼくを狙ってわざと落としたのだ」

「落ちついてゆっくり話すのだ。話す前に深呼吸をしてみろ」

源造が言った。ぬいが湯を汲んで来てくれた。紫郎は湯を飲んだ。熱い湯が体の奥にはいって行く。ぬいが乾いた手拭で、紫郎の手足をもんでくれた。

「もういいよお祖母さん」

紫郎が言った。やっと呼吸が落ちついたようだった。

「死ぬかと思ったよ、お祖父さん」

紫郎は話し出した。海の中に落ちたとき夢中だったから、海の冷たさはそれほど感じなかったが、海から上がったら急に寒くなったので、一生懸命走ったのだと話した。

「やはり、黒い顔の老人の出た穴は隠し扉になっていたのだな」

源造が言った。

「どうしてそれがわかるの、お祖父さん」

「黒い顔の老人は、その秘密を知られたくなかったのだろう。晴雄さんが探検を始めたから、穴の秘密が洩れるのをおそれて、みずからの手でこわして海の中に葬ろうとしたのだ。おそらく、その崖の下には隠し扉を証拠立てるようなにものかが落ちているだろう」

「でもお祖父さん、隠し扉があることは、秘密でもなんでもないとこの前言ったでしょう。軍が、ところどころにそういうものを作ったって……」

「そうだな、しかし、黒い顔の老人にとっては秘密なんだろう、秘密にしておきたいのだろうよ」

「秘密なら隠すべきでしょう。穴はあけられたのですよ、ぽっかりと大きな穴をあけて、どうぞ、断崖の上からでも下からでもやって来て中を覗いてくださいというように、穴は大きな口をあけてしまったのです」

「すると、穴は自然にこわれたのかな、とにかく、終戦後三十年近くもたったのだから、地下要塞だって、あちこちぼろが出るさ、軍がこしらえておいた秘密の扉が、風雨に打たれて、ぽっかりと口をあけたと単純に考えたらどうだろう」

「ぼくは、そう思いません。だれかが、ぼくを殺そうとして石を落としたんです。偶然なできごとではないのです」

紫郎は叫んだ。

「ばかな、いったい、だれがお前を殺そうとしたのだ。お前は殺されるような悪いことをなにかしたのか」

源造は真っ赤な顔をして言った。そして源造は坐り直して、紫郎に頼みこむように言った。

「紫郎、お前は三浦義澄の正統を継ぐべき人間だ。体を大事にしなければならない。生命を無駄にしてはならない。紫郎、今後、塚が崎の近くには行ってくれるな、お祖父さんやお祖母さんに、これ以上心配をかけてくれるのではないぞ」

源造の眼には涙が浮かんでいた。源造が心から紫郎のためを思って言ってくれていることは紫郎には痛いほどよくわかる。しかし、紫郎は固く口を結んだままだった。お祖父さんにはすまないと思った。しかし、このまま引き下がる気はなかった。

「三浦義澄という大将は敵に一度も背を見せたことがないと、いつかお祖父さんは話してくれましたね。あれは嘘ですか」

紫郎は退くつもりはなかった。敵は現われたのだ。なぜ自分を殺そうとするかはわからない。しかし敵であることには間違いない。紫郎は緋縅《ひおどし》の鎧《よろい》を着て、白馬にまたがって、単騎、敵の軍勢の中に斬りこんで行ったという三浦義澄の姿を想像していた。

10

恵子は源造にその話を聞いたとき、紫郎と自分との距離が遠くなったような気がした。黒い顔の老人の幽霊が出たという岩壁にぽっかり穴があいたことは重大なことだった。しかも、ただあいたのではなく、だれかが紫郎に危害を加えようとしたことは、明らかであった。そのような大事件が起きてもう一週間もたっているのに、紫郎は黙っていたのだ。源造には話したが、担任の教師の自分には、それらしいことはひとことも言ってはくれなかったのだ。恵子はこのことについては改めて考え直さねばならないと思った。

「先生にはひとことも申し上げませんでしたか」

源造は、紫郎が当然その話を恵子の耳に入れていると思って相談に来たのだ。源造はひととおり紫郎から聞いたとおりのことを話したあとで、

「まことにどうも申しわけありませんでした」

と謝った。源造が謝るべきことでもないし、紫郎が恵子に言わないことが悪いことでもないのに、源造が恐縮しきっているのを見ると、恵子は源造が気の毒になった。

「あなたのお話をうかがって思い当たることがあります」

と恵子は言った。恵子はこのごろ紫郎が放心したような顔をしているのをときどき見かけることがあった。それまで紫郎の眼は、授業中にたったの一度でも恵子からそれたことはなかった。紫郎のほかにも熱心な眼があった。こういう眼を受け止めながら授業をすることに恵子は教師の生き甲斐を感じていた。いつもなら恵子を追跡してやまない紫郎の眼が授業中に彼女から離れてしまった原因はよくわからない。紫郎はうつろな眼をしたり、時にはひどくきつい眼で窓の外を見ていることがあった。なにか別のことを考えていることは明らかであった。

紫郎以外にもよそ見をしたり、欠伸をしたり、もじもじ動いたり、考えごとをする子がいた。しかし、それらの一般的な動作と、紫郎のそれとは違っていた。紫郎は悩める少年の眼をしていた。

物思いにふけっていた紫郎の視線が、黒板の方にもどって来て、恵子の視線と合ったとき、紫郎はすまなそうな顔をした。あわてて姿勢を正したりした。

「紫郎君は近ごろ急に落ちつきをなくしたようです」

恵子が言った。落ちつきをなくしたという言い方は必ずしも適切ではないが、この場合、それ以外に言いようがなかった。

「やはり、あのことで頭の中がいっぱいなのでしょうか」

源造は眼を上げたが、蛍光灯の光がまぶしいのか、すぐまた頭を下げた。源造の前に、さっき恵子が汲んで出したお茶の茶碗がそのままになっていた。

「あの子に、塚が崎には近寄ってはならないと言ってやっても、聞かないのです。このままにしておくと、なにかあの子の身に不幸が起こるような気がしてならないのです。なんとかしてあの子を塚が崎に近づかないようにすることはできないものでしょうか」

源造は本論にはいった。彼はそれを言いたくて、恵子の下宿先に来たのであった。

「紫郎君に、塚が崎に近づくなということは、海に近づくなということと同じでしょう。非常にむずかしいことです。ただ近づくなでは駄目です。ちゃんとはっきりした理由を言わないと、紫郎君は承知しないでしょう。私もこの前、紫郎君にあなたに頼まれたとおりのことを言ったけれど、紫郎君は納得できない顔をしていました」

「なぜでしょうか、紫郎はなぜ行きたいのでしょう、危険に近づこうとするのでしょうか」

「紫郎君は他の子どもたちとは違っています。紫郎君は、他の子どもたちとは違った考えごとをしているようです」

「異常児だということでしょうか、人並みでない性格の子なのでしょうか」

「違います。むしろ紫郎君は、一般の子どもたちより進んだ考え方をしているようです。子どもの領域から大人の領域に急速に踏みこもうとしているようです」

「子どもらしくない子どもなのでしょうか」

「ある意味では、そうとも言えます。紫郎君は学校では他の子どもたちと遊びます。しかし一歩学校を出たら、子どもたちとはつき合わないというところが、紫郎君らしい性格の一つの現われです。つまり、紫郎君が学校以外で子どもたちと遊ばないのは、面白くないからです。つまらないからです。しかし紫郎君はだれかと遊びたいのです。だれかと友だちになりたいのです。その気持ちが紫郎君を海に引きつけて行くのだと思います」

「きっと紫郎は両親に早く死なれて一人で育てられたから、そのようになったのでしょう。私たち老人《としより》夫婦の育て方が悪かったのかもしれません。先生、老人子《としよりつこ》は三文《さんもん》安いって諺《ことわざ》をご存じでしょう。紫郎は三文安いのかもしれません」

「どういたしまして、紫郎君は安いどころか、高い精神力を持っています。ただ……」

そこで恵子は、源造の顔色を見た。言おうか言うまいかとしているようであった。

「ただ、どうしたのでしょう。先生、おっしゃってください。私たちにはこれから紫郎をどうして育てていいのかわからなくなってしまったのです」

源造は哀願するような眼をした。

「親のない子にありがちな一種のコンプレックスが、紫郎君の心の中にあります。そのコンプレックスが紫郎君の場合にどのような形で現われるかが問題です」

「コンプレックスってなんです」

「劣等感と一口で言ってしまえばそれだけですが、これは非常に複雑なものです。大人でもコンプレックスを必ずなにか持っています。体が弱く生まれたとか、顔が美しくないとか、大学を出ていないとか、同じ大学を出た人でも、有名校を出ていない人は有名校を出た人にコンプレックスを持っています」

「親がないということがかえって紫郎を強がらせようとするのでしょうか。つまり紫郎は自分を強く見せようとして危険に近づこうとするのでしょうか」

「結果的にはそうですけれど、紫郎君の気持ちはもっともっと複雑です。この前も、ちょっとお話ししたように、紫郎君が海に接近するのは、両親が海で亡くなられたからでしょう。両親を失った心の痛手が成長するにしたがって大きくなり、それがなにかによって刺戟《しげき》された場合は行動となって現われるのです」

「なにかによって刺戟されたと申しますと」

「それがわかったら私もあなたも苦しむことはないでしょう。紫郎君を刺戟したものは、多分、紫郎君の作文に書いてあった海の声でしょう。その海の声がなんであるかがわかると紫郎君がなにを求めているかがわかります」

「なんでしょうか、紫郎はなにを求めているのでしょうか」

「おそらく紫郎君は物心ついたときから両親の死について考えていたのでしょう。両親の死に方に疑惑を持ったのです。その疑惑は、はっきりしたものではなく、非常に漠然とした形で、父や母はなぜ海で死んだのだろうかという形で紫郎君の心の中にひそんでいたのが、このごろになって、はっきりしたある形に結びつけようとする心の動きに変わったのではないでしょうか」

「紫郎に両親が殺されたらしいなどということを話した者があるのでしょうか」

「あってもなくても、あの年頃になれば、そういう疑いを持つでしょう。紫郎君は、海のことをよく知っています。海のことがわかってくれば、両親の死に疑問を感ずるのは当然でしょう。しかし、紫郎君がいまやろうとしていることは、両親の死因を明らかにしようということではありません。まず眼の前に立ちふさがった岩壁の謎を解こうというのです。多分そうしろと言ったのは海の声でしょう」

「海の声というのは、紫郎の両親のことではないでしょうか。もしかすると紫郎は、両親がどこかで生きていると思っているのかもしれません。先生、いったいどうしたらいいのでしょうか」

「いまのところは静かに見守ってやるしかないと思います。私もできるかぎり紫郎君と話すような機会を作りましょう」

恵子はそうは言ったものの自信はなかった。

（紫郎が私から離れて行ったのは、晴雄が紫郎との約束を破ったからなのだ。紫郎は晴雄が岩壁の探検に来ないと決まったときから、晴雄と晴雄の姉に当たる私までも頼りにならない大人たちだと思うようになったのだ。しかし、紫郎は私を憎んだり軽蔑したりしてはいない。紫郎は、こちらの出方によってきっと私のところに戻って来る。あの片えくぼに微笑を浮かべて、先生この作文を読んでくださいなどと言って来るに違いない。だが、紫郎に近づくにはよほど慎重にしなければならない。こちらから差し延べる手を、もし紫郎が振り払うようなことになったら、今度こそ紫郎との間は断絶するかもしれない）

恵子は顔を上げた。

「むずかしい年頃なんです。紫郎君にとっても、私たちにとってもむずかしい時なんです。だから家庭と学校とはよく連絡して、紫郎君を見守ってやらないといけないのです。なにか紫郎君の行動に変化があったらすぐ私に知らせてください。あらためてお願いしておきます」

恵子は源造に向かって軽く頭を下げた。

「変わったことというと、紫郎はこのごろ、塚が崎の別荘の白髯さんのところに遊びに行くようになりました。白髯さんというのは終戦直後からあそこにひとりで住んでいる白い髯を生やした老人です。なんでも、もと船乗りだったとか、海軍にいたとかいうことですが、村の人とはあまり交際がないからわかりません」

「いつごろからなんです、それは」

「たしか去年の暮れのころからだと思います。紫郎は子どものくせに、どうして老人にばかり興味を持つのでしょうかね、先生、これも、私たち老人があの子を育てて、老人子にしてしまったせいでしょうか」

だが、それには恵子は答えなかった。恵子は、いよいよ自分から遠く離れて、未知の世界へ踏みこんで行く紫郎のうしろ姿を見たような気がした。なんとかしてやらねばならないと思った。

11

紫郎は、祖父や祖母が紫郎の行動を監視するような眼で眺めるのをわずらわしく思っていた。祖父や祖母の気持ちはわかるが、どこへ行くにしても、いちいち行く先をきかれるのは不愉快だった。

紫郎はこっそり家を抜け出して、こっそり家へ帰ることがあった。裏口から抜け出ると、祖父にも祖母にも気付かれずにすんだ。

紫郎は学校から帰って来て、もうそろそろ暗くなりかけた海へ出て、しばらく潮のにおいを嗅いでから、家の裏口へまわった。だれかが来ているらしく、庭のほうで話し声がした。松浦の亀さんが祖母のぬいと話し合っていた。祖母の声は大きいのでよくわかるけれど、亀さんの声は低くて聞こえない。松浦の亀さんは、小型トラックに、衣料品や日用品などのこまごました物を載せて、この界隈を行商していた。村には、農協が経営するりっぱな売店ができたので、終戦後ずっと続けている亀さんの行商はつらくなったという評判だった。

「海が好きでね、あの子は、朝学校へ行く前にも、帰って来ても、まず海へ出掛けてみるんですよ、まるで海が自分の親ででもあるかのようにね」

ぬいはそう言って笑った。なんで、ぬいが亀さんに、紫郎の話なんかするのか、紫郎にはわからなかった。おそらく亀さんの方から、お孫さんを海岸でよく見かけますぐらいのことは言ったのだろう。そうでなければ、ぬいがあんな答え方をするはずがなかった。

ぬいが言ったことに対して亀さんがまたなにか言った。内容はわからなかった。

「さあ、なんだかね、ただあそこがなんとなく好きなのでしょうよ」

ぬいのその答え方から想像すると、亀さんは、ぬいにお孫さんは塚が崎の方へよく行くようだが、あっちになにかおもしろいところでもあるのですかというようなことをきいたのであろう。それは紫郎の全くの推測であった。

間もなく亀さんは表に置いてある小型トラックの方へ行った。

(おかしな男だ、なぜぼくのことなんかお祖母さんに聞いたのだろう)

紫郎は亀さんのトラックの音が遠のいてからも、その場所にじっと立っていた。亀さんのトラックは、紫郎の家の前をよく通ったが、わざわざ紫郎の家の庭まではいって来るほどぬいとは親しくはなかった。それが、このごろはぬいのところによく現われる。

「お祖母さん」

と紫郎はぬいに声を掛けた。いきなり暗がりから声をかけられたので、ぬいはびっくりした。

「お祖母さん、亀さんはなにをきいたんです」

「なにを？　ああ、よくお前を海で見かけるって言っていたよ。塚が崎の方に向かってひとりで海岸を歩いているのを見かけたこともあると言っていたよ。ほかにはなにもきかなかった。きかれても、他人にはめったなことは言うなとお祖父さんから注意されていたからね」

ぬいは、紫郎になぜそんなおっかない顔をしているのだと言った。

紫郎は日曜日とか祭日の午後には、白髯さんを訪ねることにしていた。白髯さんがぜひ来なさいというからである。白髯さんの話は面白かった。今のように飛行機で一飛びに外国へ行けるようになると、旅の面白みがなくなってしまってつまらない。白髯さんは話の冒頭によくそんなことを言った。

白髯さんは戦争にも参加した。だが戦争の話になると、なぜか口をつぐんだ。しいて聞こうとすると白髯さんは、

「戦争は、テレビや漫画で見るように格好いいものではない。人と人とが殺し合うことは、それはそれは悲惨なことだ。戦争が終わっても、戦争の傷跡はいつまでも残る。その傷跡が声を上げて泣きたいほどに痛むのだ。いいかね紫郎君、戦争は終わっても、戦争の傷の痛みは、永

久に消えることはないのだよ」

白髯さんは、戦争で、どんな傷跡を受けたのか紫郎は知ることができなかったが、白髯さんの言う傷というのは心の傷のことを言っているのだろうと思った。

紫郎は戦争の傷跡という言葉を、小林先生からも聞いたことがあった。祖父の源造も同じようなことを言った。

大人たちはなぜ戦争の傷跡という言葉を使いたがるのだろう。そして、その傷跡に触れることを恐れているのだろうか。もし戦争の傷跡があったら、その戦争をやった大人たちの責任で、その傷跡を始末したらいいのではないか。紫郎はそんなことをふと思った。

その日は西風が強くて、寒い日であった。大塚村小学校では午後緊急職員会議が開かれた。学校の移転のことについての会議であった。午後の授業は取りやめになった。

紫郎は、家へ帰ると、まず海に走った。海を見ているうちに急に白髯さんのところへ行きたくなった。彼は海岸から、一番近い県道に出た。県道に出たところに神社があった。神社は塚が崎を背にしていた。神社の裏には椿やカシの木が多く、さらにそのうしろは藪になり林になっていた。いつか、晴雄が塚が崎の頂上に行ったのはこの神社の裏藪を通ったのであった。

神社の前に亀さんの小型トラックが置いてあったが亀さんの姿はなかった。

紫郎は県道を歩いて台地に出た。塚が崎の大根畑の向こうに白髯さんの別荘が見える。海の方から行けばすぐなのに、県道を行くと、台地に出ていったんはヨットハーバーの方へ降りてから、別荘へ行く専用道路にはいりこまねばならなかった。たいへんなまわり道だった。五十分かかった。

別荘は中から鍵がかかっていた。鍵がかかっていることは白髯さんがいるときで、彼がいないときには鍵はかけてなかった。なぜそんなおかしなことをするのかと、一度白髯さんにきいたことがあったが、私の主義だよと白髯さんは笑っていた。

紫郎はノックした。

しばらくして白髯さんがドアをあけた。

「よく来たな、さあ上がれ」

と白髯さんが言った。珍しく玄関に長靴が脱いであった。

「お客さんですね」

と紫郎は言った。お客さんがいるなら悪いと思った。

「いいんだ。気にするようなお客さんではないんだよ」

と白髯さんは言ったが、心から紫郎に上がれと言っている顔ではなかった。

「ぼく帰る」

紫郎は言った。帰ったほうがいいと思った。

「そうか、それならきみの好きなクルミを上げよう」

と白髯さんは彼の居間にはいって行った。どうやら客は、海の見える広間にいるようであった。紫郎は玄関に脱いである長靴に眼をやった。白いペンキが左の靴先についていた。その長靴の置いてある傍の下駄箱の上に紙包みがあった。亀屋と印刷された紙包みだった。紫郎は祖母の言葉を思い出した。

(今どき、包み紙に店の名を印刷する店なんかなかなかないのに、亀さんは見得《みえ》でこんなことをしているのでしょうかね、さっぱり儲からない、儲からないと言いながら、結構儲けているのかもしれないね)

白髯さんは一包みのクルミを紫郎に渡してまたお出でなさいと言った。

紫郎は外に出てからあの老人は、わざわざ松浦の亀さんの店まで物を買いに行くのだろうか、それとも、亀さんに道で会って買ったのだろうかと考えた。別荘への専用道路は自動車が通れるような道ではなかった。

もと来た道を神社のところへ引き返すと、亀さんがトラックの傍で荷物を整理していた。その亀さんは長靴を履いていた。よく見ると、左の靴先に白ペンキが飛んでいた。亀さんの肩のあたりに蜘蛛の巣がついていた。

「坊ちゃん」

亀さんがにこにこしながら言った。

「坊ちゃんは、塚が崎の中の地下要塞を見たいと思いませんか。それはそれはすばらしいものですよ。長いトンネルが掘り抜いてあって、それがいきなり、思いもかけないようなところにぽいっと出られるようになっているのです。ね、ちょっとでもいいからはいってみませんか、懐中電灯はちゃんと用意がしてあります」

紫郎は黙っていた。だいたい、亀さんに、坊ちゃんと言われるのがいやだった。そんなふうに呼ばれたことは今まで一度もないことだった。

「いやです。はいりたければ一人ではいります」

紫郎はきっぱりとことわった。

「ごめん、ごめん、今のは冗談ですよ、地下要塞なんて薄気味の悪いものには近づかない方がいいですよ、ねえ」

そのとき、亀さんは鋭い眼で紫郎を睨んだ。まるで亀さんではないおそろしい人の眼に見えた。

紫郎は考えながら歩いていた。

(もし、白髯さんの家にいた客が亀さんだったとしたら、なぜその亀さんが、自分より先に神社のところへ帰っていたのだろうか)

「そうだ、亀さんは抜け穴を通って神社のところへ出たのだ。神社の裏から、白髯さんの家の近くに通ずる抜け穴を彼は知っているのだ」

紫郎は叫んだ。大発見をしたような気がした。しかし考えてみると、そんなことはたいしたことではなかった。地下要塞には、そのような穴がいたるところにあって当たり前なのだ。ない方が不思議なのだ。たまたま亀さんが、それを知っていたということではないだろうか。

12

大潮は月に二度ある。新月と満月のころである。

紫郎は大潮の日の満潮と干潮の時刻を知っていた。満潮も干潮も夜と昼に一回ずつ起こる。紫郎が問題にしているのは干潮であって、満潮は、干潮との関連上心に止めているだけである。

紫郎は二月二日の大潮の日を待った。一番潮が引くのは午前十一時と午後十一時であるから、海のつぶやきが聞かれるのも、その前後二十分である。海のつぶやきを聞くためには午前十一時の海に出るか、午後十一時の海に出るしかなかった。午後十一時は夜中であった。出られないことはなかったが、そんなころ起きて、祖父や祖母を心配させたくはなかった。

午前十一時に海に出るとなると学校を休むか早引けしなければならなかった。早引けはできないことはなかった。理由さえはっきりしていれば、たいていは許してもらえた。中には、でまかせを言って早引けする子もあった。

紫郎は嘘を言ってまで学校を休みたいとは思わなかった。しかし、海のつぶやきを聞きたいから早引けしたいとも言えなかった。そう言ったら小林先生は、海のつぶやきってなにかと聞くに決まっていた。それは紫郎ひとりの秘密であった。これだけはだれにも知らせたくはなかった。

紫郎はしばらく海のつぶやきを聞いていない。母のすすり泣きに似た声もあれ以来一度も聞いてはいない。彼は海のつぶやきを聞きたかった。聞かねばならないような気がしてならなかった。海のつぶやきを聞くことは、自分の気持ちを、海に聞いてもらうことでもあった。祖父も祖母も相談するにはとしを取り過ぎていた。小林先生は、どれだけ自分のことを思ってくれているかわからなかった。教師としての興味だけで、自分に近づこうとしているならば、これ以上近づいてもらいたくはなかった。

紫郎は、朝から、そのことばかり考えていた。どうして早引けするか、早引けしたいと小林先生に申し出るか、紫郎の頭はそのことだけでいっぱいであった。

「紫郎君、あとで職員室に来てください」

紫郎は小林先生に呼ばれたとき、しばらくは自分の耳を疑うような顔をしていた。びっくりしたからであった。紫郎は、自分の心の動きが顔色に出たのだなと思った。はいと答えて、紫郎はほっとした。自分自身で職員室へ出かけて行くより先生に呼ばれたほうがかえって気が楽だった。

「どうしたの紫郎君、今日のあなたは、魂の抜けた人のように見えます。なにかあったのですか」

恵子が言った。

「なにもありません。早引けがしたいだけなんです」

「登校したばかりなのに、どこか気分でも悪いの」

「いいえ」

「ではなにか、あなたが帰らなくてはならないような用事が家にあるのね」

「ちがいます」

「ではなんの理由で早引けがしたいのです」

「海へ行ってみたいのです」

「海ならいつだって行けるでしょう。どうしても今日でないといけないの」

「大潮なんです。今日は」

「大潮……」

恵子は紫郎の顔を見た。紫郎が海に行きたい理由がなんであるかが、おおよそわかるような気がした。大潮の干潮時に、彼はまた荒磯の方から塚が崎の岩壁へ近づこうとしているのだ。近づいてなにをしようと考えているかはわからないが、彼の心の中は、いまそのことだけでいっぱいであることはよくわかっていた。

「危険なことをするのではないのでしょうね、紫郎君、学校を早引けして、海に行って怪我でもされたら、あなたに早引けを許した私は、いったいどうしたらいいでしょう」

「危険なことはしません。絶対に先生に迷惑をかけるようなことはしません」

紫郎はやや赤い顔をして言った。先生に迷惑をかけることなどと、少し生意気なことを言ったかなと思った。

「では行っていらっしゃい。そして、海で見たことを、できたら報告してもらいたいものですね、作文の形式だっていいのですよ」

恵子は、しいて笑顔を作ったが、じっと見詰めている紫郎の大きな眼に、なんだか心の中が見すかされてしまったように思ったので、

「いやならいいんです。報告する、しないは紫郎君にまかせます。では注意して行っていらっしゃい」

恵子は、最後の言葉を言うときには姿勢を正していた。

紫郎は家に寄らずに浜へ走った。浜にはだれもいなかった。砂浜に引き上げられた船が三艘、春が来るのを待ち遠しそうに並んでいた。

学校を出たのが十一時十分前だったから、ちょうど干潮の真っ最中に浜に来たことになった。カバンを持ったままだった。

(小林先生に呼ばれなくても、自分で先生に申し出て早引けするつもりだった)

紫郎は岩から石、石から岩と飛び移りながら、そんな強がりをふと心の中で言ってみたが、すぐそんなことを考えずに、率直に小林先生に感謝すべきだと思った。

(小林先生は、ぼくのことを心配してくれているのだ。だから大潮とひとこと言ったら、早引けを認めてくれたのだ)

紫郎は、とうとうつぶやき岩の近くについた。岩と岩の間を滑り降りて、つぶやき岩に耳を寄せる前に、彼は、塚が崎の岩壁を見上げた。穴があいた岩壁はそのままだった。

紫郎は岩と岩の間を、海水すれすれのところまで降りてつぶやき岩に耳をおし当てた。波が引いて行くとき、海のつぶやきがはっきり聞こえた。いつもの通りの海のつぶやきだった。海の底で人がつぶやいているような音が、波が引いている間じゅう聞こえていた。

紫郎は熱心に聞いた。なにかを聞き取ろうと期待している彼の耳に聞こえて来る海のつぶやきは、一つの音の発生源から聞こえて来るのではなかった。おそらく、この岩は根が深くて、海の底の岩とつながり、さらには、塚が崎の岩壁ともつながっているのではないのだろうか。そういう大きなつながりの中から、いくつもの海のつぶやきが重なり合って聞こえて来るのではないだろうか。

紫郎は海のつぶやきの中から人の言葉を聞き出そうとした。人の言葉として聞こうという気持ちになれば、人の言葉に聞こえないことはないと思ったからであった。

海のつぶやきはごぼごぼとも、ぶつぶつとも、どっこいしょとも聞こえた。そういうふうに、海のつぶやきを人の言葉に変えて聞いているうちに、かなり大きな波が来た。その波が引いて行くときに、海のつぶやきは紫郎にこう言った。

「じんじゃだ、じんじゃだ」

神社だ神社だ。神社なら、富浜海岸から県道に出る手前の神社のことだろうと紫郎は思った。

そしてすぐ紫郎は、海のつぶやきは、

「神社の裏に抜け穴の入り口があるぞ、行ってみろ」

と教えてくれているのではないかと思った。

紫郎はつぶやき岩から離れた。晴雄岩はすぐそこだが、そこへ行ったとたんに上から岩が崩れ落ちて来たらいやだから近寄るのはやめた。

紫郎は浜に出て、神社の方に行った。神社は、秋のお祭りのとき以外はお参りに来る人はほとんどいなかった。

神社の裏にまわったところで紫郎はカバンをおそ咲きの椿の木の下に置いた。椿の木の幹につかまって藪をくぐって行くと、花が、そのままの形で彼の体に降りそそいで来た。椿の木の奥はカシの林になり、そこからずっと藪になっていた。抜け穴の出口がその藪の中にあったとしても、簡単に探し出せるような状態ではなかった。

紫郎は、亀さんのことを思い出した。亀さんが、抜け穴を通じて、白髯さんの別荘から、神社の裏へ出たとしたら、別荘の近くにも抜け穴の出入り口があるはずであった。そっちを探した方が早いのではないかと思った。ここは晴雄が通ったところだった。だいたい見当はついた。晴雄が二十分ばかりで行ったところだから、たいしたことはないだろう。

紫郎は藪をくぐり、密生している樹林の幹や枝につかまりながら、かなりきつい傾斜を塚が崎の台地へ向かって登って行った。

紫郎はそこを登りながら、晴雄は、この藪と樹林の斜面をよじ登って、台地に出て、そこから大根畑の中を通って、あの断崖の真上に出たのだと思った。紫郎もその方向に行こうと思っていたが、途中から考えを変えた。このまま樹林の中を、別荘の裏に出ようと思ったのである。塚が崎の先端を覆っている樹林帯の中をうまくたどって行けば、きっと、白髯さんの別荘の庭に出られるだろうと思った。抜け穴を探すことはいつか頭から消えて、紫郎はその新しい目的に向かって一生懸命になっていた。

上部が明るくなった。台地に近づいたのだ。そのまま登れば台地の大根畑に出てしまうから、そこからは、右へ右へと樹林の中を横に歩きながら別荘の裏に近づいて行った。

突然、紫郎の眼の前に有刺鉄線の柵が現われた。有刺鉄線の柵はいく重にもなっていて、それから先に進むことはできなかった。有刺鉄線は、古いものも新しいものもあった。ときどき補修しているらしかった。

あたりの様子から推測するとその有刺鉄線を張ったのは白髯さんであることに間違いなかった。なぜこんなところにこれほど厳重な有刺鉄線を張ったのかわからなかった。紫郎が通って来たような経路で来る賊に対してであろうか。

ばかな、と紫郎は思った。別荘に忍びこむならば、大根畑の方からまわりこめばいい。なにもわざわざ、こんなところを登って来る賊はあるまい。紫郎は白髯さんの神経質過ぎるやり方に腹を立てた。

紫郎はその鉄線に沿ってまわった。どっちみち、別荘の裏に出ることはわかり切っていた。やがて別荘の屋根が樹の間に見え、窓が見えた。

窓がぴかっと光った。日が窓に当たって反射して来たからだった。紫郎は一呼吸ついた。ここまで来たら、白髯さんのところはすぐそこだ。ここを登って来たと白髯さんに言ったら驚くだろうと思った。

一休みして動き出そうとしたとき、紫郎は人声を聞いた。どなったような声であった。それに対してどなり返す声がした。そしてまた静かになった。

庭に人が来ているのだと思った。

紫郎は注意深く体の位置を動かして行った。樹の枝を動かしたり、枯れ枝を踏んで音を立てたりしないように用心した。

そこにはあやしいやつがいるぞ。それは紫郎の予感であった。紫郎は木の根元を這うようにして、とうとう庭が見えるところまで来た。

庭には三人の男がいた。白髯さんと亀さんとそしてもう一人の老人はずっと前、学校の帰りに二、三度見掛けたことのある人だった。三人とも老人である。その中では亀さんが一番若そうに見えたが、それでも六十は過ぎているだろう。白髯さんと禿げ頭の老人はもう七十に近いだろう。

紫郎に横顔を見せていた禿げ頭の老人が、白髯さんに激しく食ってかかっていた。亀さんも禿げ頭の老人に同調しているようであった。禿げ頭の老人が、亀さんとなにか話して、二人で顔を揃えて白髯さんに向き直ったとき紫郎は禿げ頭の老人の顔をはっきり見た。ひどく黒い顔だなと思った。その不健康な黒い顔を見ているうちに、紫郎は思わず軽い叫び声を上げた。岩壁に現われた黒い顔の老人である。彼が眼深に、鳥打ち帽《ハンチング》をかぶり、よれよれの茶色の洋服を着たら、そして、首に白いマフラーを巻きつけたら、あの岩壁に立った黒い顔の老人になるのである。あのとき、どこかで見たような顔だと思ったのは、学校の帰りに行き会ったときの顔を覚えていたからだった。

紫郎は体中が震えた。

13

紫郎は彼らの声を聞きたかった。亀さんと黒い顔の老人とがいっしょになって白髯さんに食ってかかっているようだが、話の内容はわからなかった。白髯さんは、いきり立っている二人の老人に、

「ばかなまねをするな」

「もうそんな時代は過ぎた」

「もっと人間らしくなれ」

などと言っていた。白髯さんの太い重々しい声だけがときどき聞こえた。話の内容は聞けなかった。無理して近づこうとすれば老人たちに気付かれるおそれがあった。

紫郎は老人たちの話を聞くよりも、あの黒い顔の老人が何者であるかを確かめようと思った。黒い顔の老人の正体さえつかまえることができたならば、この三人の素性も摑むことができるだろうと思った。

紫郎は黒い顔の老人のあとを尾行するにはどうしたらよいだろうかと考えた。

「なんと言ったって、おれはあの小僧をやっつけるぜ、そうしないとおれの気がすまないのだ」

黒い顔の老人が白髯さんに言った。

いままで、海から陸に吹いていた風がやんで、急に静かになった。いままで三人の話し声が聞こえなかったのは、海からの風がそれを吹き飛ばしてしまったからだった。

黒い顔の老人は、あたりが急に静かになって、彼の声が意外に大きくあたりに響いたので、びっくりしたようだった。黒い顔の老人だけでなく、亀さんも、白髯さんも、意外に時刻が経過したのに驚いたようであった。

三人は肩を並べて庭を横切り、家の隅の物置きらしい建物の前まで来ると、亀さんはちょっと手を上げて白髯さんに挨拶してその中に消えた。その後を追って中にはいろうとする黒い顔の老人に白髯さんが言った。

「きみは県道を歩いて帰ったほうがいい。ゆっくりして、日が暮れてからにしたほうがいいのではないかな」

そう言われた黒い顔の老人は、物置きにはいるのをやめて、そのまま家を半まわりして玄関の方へ行った。

紫郎は樹林の中から出た。黒い顔の老人の後を追うべき絶好の機会がやって来たと思った。彼はやや大胆になった。しかし、紫郎は防風林の茂みの中から大根畑に出るときは一応あたりを警戒した。いきなり大根畑に出るときに、別荘の中から見られてはまずいと思ったから、防風林と大根畑との境を歩いて、塚のところまで来て、その陰に隠れた。三つの塚のうち一番大きな塚だから、その陰に隠れているかぎりだれにも見つかる心配はなかった。落ちつくと昼食を食べてないお腹がぐうぐう鳴った。

黒い顔の老人は夜にならないと出て来ないとすると数時間待たねばならないことになる。だが待たねばならない。彼はつばを飲みこんだ。

紫郎は塚の枯れ草の中に腹這いになった。彼の腹の下でなにか音がしたようだった。紫郎のお腹が鳴る音ではない。顔を草の中に埋めるようにして、耳を澄ませて聞くと、塚が鳴っていた。塚の中の、ずっとずっと深い底で鳴っているようだった。ごうごうともごろごろとも聞こえた。音はすぐ消えて、しばらくたつとまた聞こえて来た。音が聞こえなかったり、聞こえたりする時間間隔は決まっていた。

(波と関係があるな)

と紫郎は思った。その音は海のつぶやきの音と同じ種類の音であろうと思われた。それは海のつぶやきのように、小さな音ではなく、どちらかと言えば、海鳴りに似ていた。海鳴りを深い穴の中に閉じこめたような音だった。

(塚の下に穴があって、その穴が海まで続いているに違いない。ひょっとすると、この塚の下の穴は、つぶやき岩まで通じているのかもしれない)

地下要塞の穴と関係があるかどうかはわからないが、とにかく、塚の底が海と通じていることだけは間違いないことのように思われた。塚の音は間もなく聞こえなくなった。潮が満ちて来て、岩の割れ目や穴をふさいでしまったのだなと紫郎は思った。

紫郎はそんなことを考えながらも、眼を別荘の方へ向けていた。黒い顔の老人はなかなか出て来そうもなかった。待つことも勇気のいることだと紫郎は思った。待っている間になにかすることはないだろうか。

(そうだ。整理をしよう。次々と起こったことをまとめてみよう)

紫郎は、さっきからのできごとを頭の中に思い浮かべた。
一、三人の老人は同じグループに属している。なんのグループだかそれはわからない。
一、グループのリーダーは白髯さんである。
一、岩壁に現われた黒い顔の老人の幽霊は、幽霊ではなく人間であった。とすると、あの岩壁は内部からあけられるようになっていたのだ。
一、抜け穴の出入り口は別荘の物置き小屋の中にある。

一、三人は同じグループであるということを隠そうとしている。
一、三人が言い争っていたのは、小僧をやっつけるかどうかということである。白髯さんはそれに反対していたが、他の二人は、やっつけることに賛成しているようである。
一、黒い顔の老人は変装が上手である。

紫郎の腹がまた鳴り出した。腹が減ってつらいが我慢した。

日が暮れて来た。あたりが急に静かになった。別荘の玄関に明かりがついた。

黒い顔の老人が現われた。中折れ帽子をかぶり、黒い手提げかばんを持って、老人は白髯さんに挨拶すると大根畑の中の別荘の専用路に出て行った。専用路は、いったんは、ヨットハーバーの方に出て、そこで県道に出る。黒い顔の老人は、その県道をどっちに行くかはわからないから先まわりして、県道まで行かねばならない。

外はもう暗くなっていた。紫郎は大根畑の農道を走った。農道は縦横に通じているから、うまく利用すると、黒い顔の老人より先に、県道へ出ることができる。走ると腹がぐうぐう鳴った。

紫郎は県道の近くの大根畑で老人を待った。老人は、県道に出ると、大塚村の方へさっさと歩いて行った。足の速い老人だった。

紫郎は老人の後をつけた。

老人は大塚村にはいると、県道をさけて、お寺の前から人通りの少ない村道にはいった。その道はバスの停留所へ行く近道だった。老人はバスに乗るのだなと思った。村道はまるで迷路のように曲がっていた。村のはずれに出る前に道は二度ほど大きく曲がった。村を出ると、そこからバスの停留所までまっすぐな道がついていた。

紫郎は村のはずれに出た。バスの停留所には電灯がついていた。老人は立ってはいなかった。その辺を探しても老人の姿は見えなかった。

紫郎はあわてた。ここまで来て黒い顔の老人を取り逃がすのは残念であった。ひょっとすると、黒い顔の老人は、紫郎につけられていることに気がついたのかもしれない。

紫郎は総身に水を浴びたように感じた。黒い顔の老人がその辺にかくれていそうな気がした。紫郎は、すぐ前の灯の見える家まで急いだ。その家のカシの生垣の陰から黒い影が飛び出して、彼の前を横切った。安だった。クルクルパーの安は、羽織を頭からひっかぶるようにして、紫郎の前を横切ると暗闇の中に消えた。

安の家は、村はずれのこのすぐ近くにあった。夜が来て安の夜番が始まったのだ。

「安のやつめ、……」

安に驚かされた紫郎は安の消えた方を睨んでから、神社の裏へ引き返してカバンを持って家へ急いだ。村の中央に来るとなんとなく明るくなる。そしてまた暗くなって来て海の音が聞こえる。紫郎の家はそこであった。

紫郎が家へ帰ると源造とぬいがこわい顔をして立っていた。

「紫郎、さっき、小林先生がお前のことを心配してやって来たぞ、小林先生と二人で海へお前を探しに行ったところだ。いったいお前はどこへ行っていたのだ」

「海へ行っていたよ」

「嘘をつけ、海にはいなかった」

「海から白髯さんのところへ行った」

「なぜお前はあそこにばかり行くのだ。村の人でもない他所者《よそ》とあまり親しくするものではない」

「白髯さんは他所者ではない。あの人は終戦以来ずっとこの村に住んでいる人です」

「住んでいても他所者は他所者だ。気心が知れない他所者なのだ」

「お祖父さん、そういうふうに他人を差別して見ることは、結局は自分自身の世界をせまくすることになるんですよ」

紫郎は祖父の前をすり抜けるように通って、テレビの前に出てスイッチをひねった。テレビが見たいのではなかった。源造とそれ以上話したくはなかったからだった。

テレビの画面が明るくなり、突然テレビの中から乱暴な言葉が飛び出して来た。

「やい小僧、今度こそお前を殺してやるぞ」

マンガである。悪漢が少年にピストルをつきつけていた。マンガに出ている少年の顔はどこか紫郎に似ているような気がした。

「そうだ、ぼくのことだ」

紫郎はそう言うと同時に、テレビのスイッチを切った。

(あの別荘の庭で黒い顔の老人が、おれはあの小僧をやっつけるぜ、そうしないとおれの気がすまないのだと言ったときの、小僧はこのぼくなのだ)

岩壁に穴があいていきなり岩石が落ちて来たのも偶然ではなく、あの黒い顔の老人がこの自分を殺そうとしたことのように思われた。

いつか亀さんが、地下要塞を見せてやろうと言ったのも、誘いこんで殺そうと思ったのではなかろうか。

(そうだとすれば、彼らがぼくを殺そうとする理由はなんだろう)

「やはり、塚が崎にぼくが近づきすぎるからなのだろうか」

紫郎はとうとう口に出して言った。

「塚が崎に近づいてはいけない。お前が塚が崎に近づこうとしているから、みんな心配しているのだよ。紫郎お願いだから、これ以上心配をかけないでおくれ。お前にもしものことがあったら、三浦の家はどうなるの、ねえ、どうなるの」

ぬいが泣き出した。

紫郎はほんとうに自分は悪い子どもだと思った。みんなにこんなに心配をかけてまで、ぼくはいったいなにをしようというのだ。

紫郎はまた考えこんだ。

14

恵子は隣の席の久松良子が机の上の整理が終わったところを見はからって話しかけた。

「村のことをくわしく調べた資料のようなものが学校にはございませんか」

「くわしく調べたというと、村の歴史のようなこと、それとも産業のようなこと」

久松良子は恵子の方に向き直って言った。

「終戦後、この村の人口がどのように変わって来たかを調べたいのです」

「それならば、去年、大塚村中学校の三年生が共同調査をした資料が図書室にあります。その他には……」

久松良子はちょっと考えてから、その他には適当なものはないと言った。良子はこの小学校に既に五年間勤めているから、たいていのことなら良子にきけばわかる。恵子は良子にお礼を言ってから図書室に行った。

『大塚村の研究』という資料はかなり分厚いものであった。中学三年生を総動員して調べたものだけあって、こまかいところまでよく眼が届いていた。

恵子は「終戦後の村の移り変わり」という章に眼を止めた。おそらく、中学生たちが一軒一軒聞き歩いて調べたらしく、終戦後の村の移り変わりがくわしく書いてあった。この章の中に、「村に移住して来た人」という項目があった。恵子はそこに眼を止めた。

終戦後、この村に移り住んだ人の名があげてあった。全部で三十六名あったが、その人たちの多くは、その後村を離れて行って、現在村に住んでいる者は三名であった。

氏名	住所	移動した年
高《たか》島《しま》武《たけ》治《はる》	塚が崎	昭和二十三年
小《こ》庭《にわ》安《やす》春《はる》	窪《くぼ》	昭和二十一年
鶴《つる》港《みなと》亀《かめ》之《の》進《しん》	松浦	昭和二十一年

恵子は『大塚村の研究』の中にある表をそのとおりに写し取った。恵子はさらに先を読んだ。村の人口は終戦後一時的にふえたが、その後減って行った。最近数年間の人口の減り方は急激だった。若い人たちが村を出て行ってしまうからであった。村へ移住して来たまま住みついている三人の存在はまったく異例なものであった。

村の別荘は全部で十三軒、会社の寮が三つあった。一年を通じて別荘番がいるのは、十三軒のうち四軒だけ、あとは番人はいなかった。会社の寮には、管理人がいた。これらの別荘の番人や寮の管理人はほとんど村の人であった。

最近になって自動車道路が完備されたので、東京から土曜日の夜やって来て別荘に泊まり、日曜日の夜また自動車で東京へ帰るという人たちがふえた。夏のころは、自動車を海の近くに止めて、自動車をホテルがわりにする若者もいた。『大塚村の研究』はこのような夏の間のはげしい人の出入りについてもある程度のところまで調べてあった。

「私たちの大塚村は海水浴場ができてから、大きく変わりました。もう昔のように静かな美しい夏の海はなくなりました。海水浴客の捨てて行ったゴミの掃除だけでもたいへんなことになりました。このままにしておいていいのでしょうか」

これは、富浜海水浴場付近の人の出入りを調査した生徒の感想文であった。

恵子は最後のページを開いた。

「大塚村は急激に変わって行く。しかし、戦後少しも変わらないものもある。それは、この村にずっと前から住んでいる住民である。大根や西瓜やキャベツを作り、魚や貝や海草類で生活を立てている人たちである」

恵子はその文章を読んでいるうちに、戦後少しも変わらないものの中に、三人の老人も含まれているのだと思った。恵子は図書室を出た。

塚が崎に住んでいる高島武治のことを村の人は白髯さんと呼んでいる。村はずれの窪に住んでいる小庭安春は夜番の安とか、クルクルパーの安とか言われている。そして松浦の鶴港亀之進は亀さんである。それぞれ一種の愛称で村人に呼ばれ、村人の生活の中に溶けこんでいるのである。恵子は歩きながら考えた。

(だが白髯さんだけは違う。彼は村の人とはいっさい交際はしない。村人の生活の中に溶けこんではいない。彼はいったい何者だろうか。村の人たちが言っているように、彼はもと海軍の軍人だったが、戦災で妻子を亡くしてからは世の中がいやになって、彼の家を売り、塚が崎に別荘を建て、仙人のような暮らしをしているのだというのはほんとうだろうか。彼の父は金持ちだったから、現在でも、彼の名義で不動産が残されている。彼はその管理をいっさい他人にまかせている。彼のところに、東京からときどき黒いカバンを提げて来る男は、東京にある彼の財産の管理人である。この噂はほんとうであろうか)

恵子は職員室の前で足を止めた。入り口に紫郎が立っていた。考えごとをして歩いていたから、恵子はそこに紫郎がいたことに気がつかなかったのである。

「先生、作文です」

紫郎は二つに折った原稿用紙を恵子の手に渡すと、おじぎを一つして走り去った。紫郎は職員室にはいったが、そこに恵子がいないから、外へ出て待っていたのだ。作文なら机の上に置いて帰ればいいものを、そうしなかったのは、この作文になにか重要なことが書いてあるのだろう。恵子はそんなことを考えながら彼女の席に坐って、その作文を開いた。

「先生、大潮のときには早引けを許してくださってありがとう。ぼくはあのとき荒磯に行きました。荒磯に海の声を聞きに行ったのです。海の声はぼくに、いろいろと教えてくれました。ぼくが、白髯さんの庭で、黒い顔の老人を見たのも、海の声がぼくの行くべき方向を示してくれたからです。岩壁の黒い顔の老人は幽霊ではありませんでした。彼のほかに、亀さんもいました。黒い顔の老人と亀さんと、そして白髯さんが、別荘の庭で言い争っていたのを見ました。なんで争っているのか声がよく聞こえないからわかりませんが、黒い顔の老人が、最後にひとこと、おれはあの小僧をやっつけるぜ、そうしないとおれの気がすまないのだ、と言った声だけは、はっきり聞こえました。ぼくは、黒い顔の老人のあとを尾行しました。老人は県道を通り、途中から村道にはいり、そして大塚村のバスの停留所あたりまで来たところで姿を見失いました。まるで消えたように姿をかくしたのです。小林先生、ぼくは先生に言われたとおり、作文の形式で報告書を出します。ぼくの報告書を先生が読んで、今後は人のあとをつけるようなことをするなと言われるかもしれません。しかし、ぼくは先生の言うことをたぶん聞かないと思います。なぜならば、ぼくの前に、黒い顔の老人が現われたからです。しかも、白髯さんや亀さんと関係がある人物です。それればかりではなく、ぼくは、白髯さんの別荘に抜け穴の出入り口があるのを見たのです。このほかにも、いろいろとぼくは想像しましたが、それはここには書きませんでした」

報告書はそれで終わっていた。恵子は作文をていねいに折って、机の引き出しの奥にしまった。下宿に持って帰って、もしこの前のように、だれかが不在中にはいって来てあけてみるようなことがあってはならないと思った。しかしよく考えてみると、学校のほうが、その危険性はある。はいろうと思えば学校へ侵入することのほうが人家へはいるより、簡単なことであろう。恵子は紫郎の報告書をハンドバッグにおさめた。

「小林先生、いまここに来た三浦紫郎君ね、このごろよく塚が崎の別荘へでかけて行くそうですね」

隣の席の久松良子が言った。

「はい、紫郎君は白髯さんのところに行って海の話を聞くのが好きだと言っておりました」

「でもおかしいですね急に……あの別荘には村の人はあまり近づかないようにしているのに」

「私には村の人が近づかないほうが、おかしいように思われますが……なぜ近づかないのでしょう」

「なんとなく気持ちが悪いのでしょうね、あんなところにひとりで海を見て暮らしている老人なんて、少なくとも常人ではありませんわ。白髯さんについては、いろいろの噂があるけれど、彼のことをほんとうに知っている人はこの村には一人もおりません。言わば、彼は謎の人物ですわ」

久松良子はそう言って席を立った。

白髯さんは謎の人物。良子にそう言われたとき恵子は白髯さんが、ほんとうに謎の人物かどうかを調べてみようと思った。

（謎の人物だったら他にもいるわ）

恵子は、クルクルパーの安と亀さんのことを同時に頭に思い浮かべた。

恵子は授業が終わり、子どもたちを帰宅させてから、職員室で、彼女の伯父あてに手紙を書いた。彼女の伯父は東京で、信用調査所の重役を務めていた。信用調査所と言っても、多くは、財産調査や結婚の相手の素行や家族関係などを調べる仕事が多かった。

恵子は、彼女の伯父に、高島武治、小庭安春、鶴港亀之進の三人の身許調査を依頼したのである。手紙のあとに、調査費は払わせていただきますと小さな字で書いた。こう書いても、伯父が調査費用をよこせなどとは言わないことを、はじめっから頭の中に入れていた。

恵子は、その手紙を帰途ポストに投げ入れた。私信を学校で書くことについて、恵子は少しばかり、うしろめたい気持ちになったけれど、自分の受け持ちの紫郎のためだと思うと、気持ちはずっと楽になった。

15

伯父に依頼した結果は十日後に、大塚村小学校気付けで恵子のところに送られて来た。その日恵子が帰宅すると、下宿に紫郎が待っていた。まさか、調査結果が届いたその日の午後、その結果を待ちかねていたように、紫郎が彼女の下宿まで訪ねて来るとは思いもかけないことだった。その日は土曜日であった。

「私も紫郎君を呼びに行こうと思っていたのよ」

恵子は紫郎に言った。

「ぼくに、なにか用があるのですか」

「いいの、そのほうはあとでも、まず紫郎君のほうから先に用事をお話しなさい」

紫郎が恵子の下宿を訪ねたのははじめてであった。紫郎はよほど重大なことを相談に来たに違いない。一時は紫郎が遠くに離れて行くように感じたことがあったが、大潮の日に、早引けさせてやってから、紫郎とまた親しく話ができるようになったことを、恵子は喜んでいた。

(この子は母親がないのだ。母親の気持ちになって見ていてやらねばならない)

恵子は、ふと浮かんだ、そんなおおそれた考え方を、あわてて微笑で打ち消して、

「紫郎君、ゆっくりして行きなさいね」

と言って立ち上がろうとした。お茶とお菓子を用意するつもりだった。

「先生、ぼくは亀さんと約束したんです」

立とうとした恵子はそのまま坐った。

「亀さんとなんの約束をしたの」

「地下要塞を案内してもらう約束をしたのです」

まあ、と恵子は言った。なぜそんな約束をしたのだときく前に、まず、紫郎がなんのために

ここに来たのかを先にきかねばならないと思った。

「言いなさい。先生に言いたいことをはっきり言ってごらんなさい」

「きょう亀さんと会ったとき、彼は地下要塞を見せてやろうと言いました。実は前にも一度誘われたことがあったけれど、その時はことわりました。今度もいやだと言いました。そうしたら、亀さんは意気地がないというんです。勇気がないと言うんです。お前は、穴にはいるのがこわいのだろと言うのです」

「だから、あなたは約束したのですね、つまり亀さんの口車に乗せられたというのですね」

「そうです。勇気がないと言われたから、ぼくはそうではないというところを見せたかったのです。しかし考えてみると、それはたいへん危険なことのように思われるのです」

「危険ですわ勿論、長いこと人がはいらないようなところにはいって行くのは」

「ぼくは殺されるかもしれないのです」

「なんですって紫郎君、なぜ殺されるかもしれないのです。そのわけを話しなさい」

紫郎は恵子の顔を見上げた。そのことを話すつもりで来たことは明らかだったが、なにから先に話していいか、その糸口がつかめないでいるようだった。

「さあ思い切って話しなさい。そうすれば心の中がはればれするものよ……」

紫郎は恵子の言葉に大きくうなずいて、あの日のことを話し始めた。黒い顔の老人の「あの小僧をやっつける」と言った言葉は、紫郎を殺すことに違いないと、彼の考えをそのとおり話した。亀さんが、紫郎を神社のところで、地下要塞に誘ったのも、殺そうという下心があったのかもしれないと話した。紫郎は心の中がすうっとした。

「紫郎君の言っていることは想像の部分もあるけれど、私が、もし紫郎君だったら、やはり同じように考えるでしょう。それで、このことはお祖父さんに話したの？」

「話してはありません。お祖父さんやお祖母さんに心配をかけたくないからです」

「よくわかりました。紫郎君よく私に話してくれました。では今度は、先生が話す番ですよ。私が紫郎君に話して上げたいと言うのはこれです」

恵子はハンドバッグの中から、書留速達の印がおしてある一通の文書を取り出した。

「私は、この村に終戦後から住みついている高島武治と小庭安春と鶴港亀之進の三人の身許を信用調査所に依頼して調べてもらったのです。高島武治はもと海軍の軍人です。戦争中に、戦災で家族を失い、戦後ここに移り住んでいること、東京の郊外に土地を持っていて、それを売り食いしていることなど、この村の噂のとおりです。小庭安春の身許もわかりました。地下要塞の構築中、頭を打っておかしくなって、そのままこの地にとどまっているというのも、東京から定期的に家族が来ることも、噂のとおりです。ただ一つ噂と違ったところがあります。彼は軍隊に取られてここへ来る前には、土木会社の設計技師をやっていました。優秀な技師でした。おそらく、地下要塞の建設に当たっては重要な役割をやったでしょう。それから、亀さんですが、亀さんも、だいたい噂のとおりですが、彼が軍隊に取られる前の職業は大学出の機械技師です」

恵子はそこで言葉を切って、紫郎がどんな顔をしているか確かめてから、

「三人のうちで、いま問題になっている亀さんのことを考えましょう。戦前の大学出というと、現在の大学出に比較して、その数も少ないし、その実力も、社会的地位も一般的に高かったのです。その亀さんが、終戦と同時に、すべてを捨てて、なぜこんなへんぴなところの行商人になったのでしょう。しかも彼はひとり者です。結婚もしないで、ただひとりで、黙々と働いていたのはなぜでしょうか」

「先生、もしかすると、亀さんは地下要塞に隠してある金塊を見張っていたのではないでしょうか」

「紫郎君の想像は飛躍しすぎています。しかし、案外、当たっているところがあるかもしれませんね。ただ金塊が隠してあるということだけは、先生には嘘のように思われます」

「ではなぜ、ぼくを殺そうとしたのでしょうか」

「殺そうとしたとは決まっていません。それも紫郎君の想像です。たしかに、そのようなにおいがしますが、あなたを殺す理由がないかぎり、その想像は当たっていません」

「ぼくが金塊の隠し場所に近づこうとしているのだと、彼らは見ているのではないでしょうか」

「でも白髯さんは違うでしょう?」

「はい、白髯さんは悪い人ではありません」

「他の二人だって悪い人だと決まってはいないのですよ」

「では明日の朝、亀さんと穴の中にはいってもかまいませんか」

「それはいけません。紫郎君一人を出してやれるものですか」

「では……」

「東京へ電話をかけて晴雄を呼びます。晴雄はオートバイで今夜のうちにやって来るでしょう。晴雄がだめなら、私が紫郎君といっしょに穴の中にはいります」

「先生がいっしょに」

「そうです。穴のところまで源造さんに送って行ってもらいましょう。そうしておけば、亀さんは、たとえあなたを殺そうと思っても殺すことはできないでしょう。その時の亀さんの顔がわかるようですわ」

恵子は笑った。笑ってから、あたりを見まわした。暗くなったからである。恵子は時計を見た。

「あらもうこんな時間だわ」

紫郎を家へ帰さないと源造夫婦が心配するだろうと思った。

「では先生、明日の朝、八時に神社の前で待っています」

「神社へ行く前にここに来なさい。ここからみんなででかけましょう」

恵子は紫郎を送り出しながら言った。

薄暗くなった庭の隅に犬が二頭垣根の方を向いていた。尾を振っているところをみると、垣根の外にだれかがいるらしい。その垣根の外は空地で枯れ草の藪である。

恵子は紫郎を見送ったあとで、犬のところへ行ってみた。犬は恵子の来たのも知らぬげになにかを食べていた。

体をかがめて見ると、それは缶詰の肉片であった。

(だれがいったいこれを)

恵子は延び上がって垣根の外を見まわしたがだれもいなかった。

「これでわかったわ、一つだけ疑問が解決したわ」

恵子は口に出して言った。

(眼に見えない私の敵は、まず犬に餌を与えて手なずけておいてから、垣根を越えて、私の部屋に忍びこんで、引き出しをあけたのだ)

いつかの夜、縁側に犬の足跡があったわけがわかった。賊は犬を見張りに使ったのだ。

(見えない敵は、この近くにいるんだわ、この近くのどこかで私とおそらく紫郎君を見張っているのだわ)

恵子はさっき、紫郎があの老人三人は隠した金塊を見張っているのではないかと言ったことを思い出した。

(三人のうちここへ近よるとすればだれであろうか、白髯か、亀さんか、黒い顔の男か)

そこまで考えたとき、恵子は突然なにかにつまずいたような顔をした。クルクルパーの安のことが思い浮かんだのだ。小庭安春、元土木技師——クルクルパーの安はもと優秀な土木技師であったのだ。

(あの頭のおかしいクルクルパーの安が、実際は、頭がおかしいのではなくて、彼らのグループの中の一人だとすればどうなるだろうか)

恵子は暗い部屋の中で電灯もつけずに考えこんでいた。

(クルクルパーの安は村はずれの窪に住んでいる。窪は黒い顔の老人が消えた、バスの停留所のすぐ近くだ)

そこまで考えた恵子は思わず立ち上がった。

「そうだわ。黒い顔の老人とクルクルパーの安とは同一人物かもしれない」

恵子は思わず大きな声を上げた。そして彼女は、その声をだれかに聞かれはしなかったかというような顔であたりをうかがってから、母屋の方へ行った。

母屋では夕食中であった。

恵子は、電話を拝借したいと言った。

「どうぞどうぞご遠慮なく」

恵子は家人に言われるままに、奥の部屋へはいった。食事中だから、電話機の置いてある奥の間にはだれもいなかった。恵子は東京の自宅へ電話を掛けた。運よく晴雄がいた。

「晴雄さん、大事なことですから、しっかり聞いてくださいね。実はね、紫郎君が、明日の朝八時に、亀さんと二人だけで塚が崎の地下要塞にはいることになったのです。紫郎君一人だけでは危険ですから、あなたもいっしょにはいってもらいたいのです。相手が亀さんでしょう。だから、あなたは、あらゆる用意をして、今夜中に、来ていただきたいのよ」

恵子は用件だけを手短かに話した。

「亀さんというと、姉さんの手紙にあった、白髯さん、亀さん、黒い顔の老人の三人組の一人なんですね。それで、地下要塞へはいろうと言ったのは紫郎君ですか」

「誘ったのは亀さんです」

「なるほど、なにかたくらみがありそうだな。わかったよ姉さん。地下要塞探検に必要なあらゆる用意をして、オートバイで今夜中にそちらへ行きます」

恵子は電話を切ってほっとした。晴雄がついて行きさえしたら紫郎は大丈夫だと思った。

16

「紫郎君、姉さんからなにもかも聞いたよ。おれが来たからには大船に乗った気持ちでいるがいい」

晴雄が紫郎に言った。紫郎はうなずきながら、晴雄はなぜ登山靴を履いて大きなルックザックを背負って来たのだろうと思った。もし彼がピッケルを持っていたら、まるで登山にでかけるようだった。

「紫郎君、穴の中にはいったら、なにかがきっと起こるだろう。起こっても大きな声を上げたり、こわがったりするなよ、黙っておれについて来ればいいのだ。おれは起こり得る可能性に対してあらゆる準備をして出て来たのだからな」

晴雄が紫郎の耳元で言った。

神社が前に見えて来た。晴雄と紫郎は立ち止まってうしろから来る、恵子と源造を待って、四人はいっしょになって神社の鳥居をくぐった。拝殿の前で、一人ずつ鈴を鳴らして拝礼してから裏にまわると、そこに亀さんが立っていた。

亀さんは、紫郎の他に大人が三人もついて来たのでびっくりしたようであった。

「亀さん、すみませんな、厄介なことをお願いして。お願いついでに、小林先生の弟さんの晴雄さんもいっしょに案内して上げてくださらぬか」

源造が頼んだ。

「それはもう、一人も二人も同じことです。なんなら、みなさんも御いっしょにどうです」

亀さんは笑顔を作ってはいるが、内心では晴雄が同行することをいやがっているようであった。

「私たちがいっしょにゆくと、足手まといになるかもしれませんし、万一のこともありますので」

源造は亀さんの顔を睨みつけながら言った。

「万が一とは」

亀さんは開き直ったような顔をした。恵子が一歩前に出た。

「私は地下要塞にはいって迷ったという話を聞いたことがあります。紫郎君の受け持ちの教師として、紫郎君をそういうところへ出すことは反対でしたが、紫郎君がどうしてもはいりたいというので、私の弟を付き添いとした上で二時間という条件をつけて許しました。二時間たったら、穴の外へ出てください。二時間過ぎても、出て来ないときには、村の人や警察に助けを求めるようなことになるかもしれません」

恵子は亀さんにきっぱりと言った。

「わかりました。二時間たったら地下要塞の見学は打ち切りにしましょう。それはそれはおかたいことで」

亀さんは低い声で恵子に言った。いつもにこにこしている行商人の亀さんの顔ではなかった。恵子に対して、はっきりと敵意を示している顔だった。

「では、お寺の裏の入り口の方へまいりましょう」

亀さんが言った。

お寺の裏には大人が五人ほど一度にはいれるような大きな入り口があった。この入り口が、塚が崎の地下要塞へはいる主要門であった。ずっと前に定吉がはいって出てこられないでとうとう千鳥が崎まで行ってしまったときの入り口はこれだったし、子どもたちがときどき遊び場にしようとして和尚さんに叱られるのも、この穴だった。

「亀さん。お寺の裏の入り口からでなく、神社の裏の入り口から案内してください。だって亀さんが神社の裏で待ち合わせようと言ったのは、この近くの抜け穴を知っているからでしょう。お寺の裏からはいるなら、お寺の裏で待ち合わせるのがあたりまえではないでしょうか」

紫郎が言った。ふんと、亀さんは鼻先で、せせら笑った。子どものくせに生意気な口をきいて、いまに見ていろという顔だった。

「そうですか、それではそうすることにしようかね」

亀さんは、そこにいる人たちをじろりと睨んだ。こわい眼だった。亀さんは四人にくるりと背を向けると、神社の真うしろから、いきなり神社の床下に這いこんだ。晴雄がその後に続き、紫郎がその後を追った。

神社の床下にコンクリートの揚げぶたがあった。亀さんは、それを押しのけた。下に穴があった。地下に向かって階段がついていた。亀さんは、懐中電灯をつけて先に立った。晴雄と紫郎も中にはいった。

トンネルの中は暖かかった。階段を下って、しばらく歩くと、今度は階段を登るようになった。岩を掘り抜くときに、階段の形に残したのであった。階段はどこまでも続いた。

晴雄は前の亀さんに声をかけて待ってもらった。晴雄はルックザックからヘッドライトを出して、彼自身と紫郎の頭に取りつけた。紫郎はテレビで見た鉱山の中で働く人たちの姿を思い出した。光源は彼の額のあたりにあるので、顔を動かすたびに光の方向が変わった。

懐中電灯を手にして歩くよりそのほうが両手が自由になるから便利だった。ヘッドライトをつけて歩き出すときに、晴雄は、手をうしろにまわしてルックザックの底を撫でるようなことをした。なにかを抜き取ったようだった。

紫郎は、晴雄のルックザックの底から、ぽたりぽたりと白ペンキのようなしずくが垂れ落ちるのを見た。なにを見ても大きな声を上げるなと言われていたから紫郎は黙っていたが、晴雄がなんのためにそんなことをするのかすぐわかった。道を見失わないためにしるしを残しておくのだ。

紫郎は晴雄がたのもしく思えて来た。真っ先を歩いている亀さんは、晴雄がそんなことをやっていることは知らないらしかった。亀さんはときどき立ち止まって、これが空気抜きの穴だとか、ここを左に行けば、お寺の裏に出られる、お寺と神社はすぐ近くに背中合わせになっているが、軍はこういう建物をなるべく利用するために、その近くに入り口を作ったのだと話した。煙突のように掘り抜かれた空気抜きの穴はあちこちにあったが、外からの光は見えなかった。ところどころに、二十人か三十人がはいれるほどの広場があった。ずっと登り道だった。多分このトンネルは塚が崎の岩壁の上にまで続いているのだろうと思った。暗いトンネルの中には、おもしろいことはなにもなかった。トンネルとトンネルとが時々交差していた。村の人が言っているように、地下トンネルは縦横に走っているのだ。迷ったら大変だと思った。

亀さんは、黙ってしまった。歩き方が早くなった。なにかの目標に向かっているようだった。

トンネルの傾斜がゆるやかになり、やがて平らになった。

「どこへ行くんですか」

晴雄が聞いた。

「どこへですって、地下要塞だ。地下要塞を見に来たのでしょう、きみたちは」

亀さんの言葉使いが少し変わった。

「地下要塞のどこを見せようっていうのだね」

「黙ってついて来ればいいのです。きみたち二人が見たいと思うものを見せてやるからな」

紫郎はこわくなった。これ以上亀さんについて行くのは危険だと思った。晴雄に引き返そうと言おうと思ったが、言えなかった。

前方に光が見えて来た。わずかな明るさだったが、すぐはっきりした明るさになり、やがて眼の前にぽっかりと丸い穴が見えた。

「ここに岩に似せて作った扉があった。外からは岩壁の一部としか見えないようにできているが、中からは簡単にあけられるようになっていた。最近になって、その扉が崩れ落ちた。終戦後、二十数年たったので、この要塞もあちこちがたが出て来たのだ」

亀さんはそう説明して二人に覗いてみろと言った。

紫郎が外を見ようとすると、晴雄は紫郎に待てと声をかけた。晴雄はルックザックからザイルを取り出して、二人の体を結び合わせた。

「さあ大丈夫だ、覗いてみろ」

晴雄が言った。紫郎は穴から外を覗いた。海が見えた。眼の下には晴雄岩があった。

(黒い顔の老人が出た岩壁はここだったのだな。岩石がぼくを狙って落ちて来たのもここだ)

紫郎は思った。紫郎は身を引いて晴雄に替わろうとすると晴雄が言った。

「この真下にはいつかおれがハーケンを打った岩壁があるだろう」

「そうです。この穴は……」

「いいんだ、紫郎君」

晴雄は、紫郎がなにか言おうとするのをおし止《とど》めるようにして、亀さんに言った。

「どうも結構なものを見せていただいてありがとう。そろそろ帰りましょうか、だいぶ時間がたったようだ」

紫郎は晴雄の顔を見た。晴雄がそれ以上前に出ようとしないのは亀さんを警戒しているからだと思った。外を覗こうとしたとき、うしろから押されたら、晴雄も、同じザイルにつながれた紫郎もいっしょに落ちてしまうだろう。

「正確に言ってまだ二十七分しかたってはいませんよ。だが帰りたいというなら帰ることにしましょうか」

亀さんはまた先に立って歩き出した。紫郎はしばらく歩いてから、手に持っている懐中電灯で足元を照らして見た。ここまで来るときに残しておいたペンキのあとはなかった。しかし、晴雄のルックザックからは相変わらずペンキのしずくが落ちていた。亀さんは別な道をどこへ案内しようというのだろう。紫郎は不安になった。

「ちょっとここに待っていてください。どっちへ行ったらいいか見て来るから」

トンネルの中の岐路に立ったとき亀さんはそう言った。そして亀さんは左の道へはいって行ったまま二度と出ては来なかった。

「やっぱりそうだったのか」

晴雄が言った。

「これで、亀さんというやつの化けの皮が剝げたというものだ。だが、あの亀さんも、ペンキで印をつけて来たことには気付いていなかったらしい」

晴雄はそう言って笑った。

二人はペンキのあとを頼りに引き返した。そこから歩いて、五、六分のところに、黒い顔の老人が姿を現わしたあの岩壁の穴があるはずだった。ところが、そこへ行きつく前に、トンネルは行きづまってしまった。ペンキの跡があるのにトンネルがふさがっているということは、だれかが、その通路を閉鎖したことになる。

晴雄はルックザックの中から、金槌《ハンマー》を出して、さえぎるものを叩いた。金属音がした。それは鉄の扉だった。

「通路を閉鎖する扉を作ってあったのだ」

岩に似せて作ってあるけれど、金属の扉の上に、砂や岩を塗りこんだものだった。引き返して、さっき亀さんの消えたところに来てみると、亀さんの行った方の通路も扉で閉ざされていた。

晴雄はたいして驚いた様子はなかった。

どっこいしょとそこに坐って言った。

「こういうときはあわててはならない。いざとなったら、十日でも二十日でも、この中に頑張るつもりでいればいい。水も食料もどっさり背負って来たぞ」

晴雄は大きな声で笑った。笑い声がトンネルの壁に反響して、悪魔の笑い声のように聞こえた。紫郎はこわくなった。このままこの暗いトンネルの中で晴雄とともに死んでしまうのではないだろうか。

晴雄の顔にヘッドライトの光を当ててみると、彼は腕組みをしたままで考えこんでいた。

17

「ぼくらは穴の中に封じこめられた。しかしやがて、救助隊がペンキの跡をたどって、鉄の扉を打ちくだいて助けに来る。問題はそれまで、このトンネルの中でどうやって生き続けるかということだ。紫郎君、われわれはまず空気を確保しなければならない。敵に空気抜きの穴を封鎖されたら、われわれはアウトだ」

アウトとは死ぬことだ。死ぬことをまるで晴雄は遊びのように言うのである。

「さあ、これから紫郎君に働いてもらわねばならないぞ、紫郎君、このトンネルの中は暖かい。冬は暖かく、夏は涼しいのがトンネルの特徴だ。外のほうがつめたいから、空気抜きからはいって来る空気はつめたいはずだ。さあ紫郎君、トンネルの床の上を這ったり、トンネルの壁に寄って歩いたりして外からしのびこんで来る空気の流れを探すのだ。そのつめたい風の流れをたどって行けば空気抜きの穴に出ることができる。急ぐのだぞ、ぐずぐずしていると、敵は空気抜きの穴をふさいでしまうかもしれない」

紫郎はトンネルの床を犬のように嗅いでまわった。トンネルの壁にそって歩いてもみた。ヘッドライトがトンネルの壁を映し出した。兵隊たちが掘ったのみの跡がそのまま残っていた。紫郎と晴雄は右と左の壁に別れてトンネルの中を進んだ。

(生きられるだろうか、生きてこのトンネルを出ることができるだろうか)

紫郎はふとそんなことを思った。そのとき紫郎は左の頰につめたいものを感じたような気がした。方向を変えてみると、今度は右の頰に冷気を感じた。

「風がある」

紫郎が言った。

「なに風がある?」

晴雄が寄って来て、ゆびにつばをつけて頭上にかざした。

「たしかにつめたい風が上からおりて来る」

晴雄はトンネルの天井を、懐中電灯で探した。紫郎がいる上の壁が、いくらかへこんでいるようだがよく見えない。晴雄は、紫郎に金槌《ハンマー》を持たせて、肩に乗せた。紫郎は、へこんだところに手をやった。冷たい風がはっきりと手に触れた。金槌で思い切り叩くと、ぽこんと穴があいた。奥を覗くと、人一人はいれるぐらいのトンネルが続いている。

紫郎がそのことを晴雄に知らせると、晴雄は紫郎を、肩からおろして、トンネルの壁にハーケンを続けざまに五本ばかり打ちこんで、それを足がかりにして、壁を登ろうとしたが、それだけでは足場が悪いらしく、今度はハーケンに、登山用の小型の縄梯子をかけて、それに両足を落ちつかせた。晴雄の作業が始まった。彼は石屋のように岩を叩いていた。岩がくずれる音がして、一塊《ひとかたまり》の岩が紫郎の足元に崩れ落ちた。岩のかけらが紫郎の手に当たった。

「あいたぞ……」

晴雄は、穴をさらにひろげているようだった。

「もともとここに空気抜きの穴があったのが、なにかの原因で崩れてしまったのだ」

晴雄はそう言った。

晴雄はうんうん言いながら、とうとう、その穴の中に這いこんだ。そこで晴雄は紫郎に手伝わせてルックザックを引っ張り上げた。

「ひとりで登ってこい。どんなことをしても自分の力で登らなければならないと思えば登れるものだ。梯子はそのままにしておけ」

晴雄が言った。彼は先を急いでいた。紫郎は晴雄がやったとおりにした。トンネルの壁には手がかりになるような岩のでっぱりがないから、手の平の摩擦だけで、体を持ちこたえねばならなかった。晴雄がちょっと手を貸してくれればいいがと思ったが、紫郎がトンネルの壁を登り出したころには、晴雄は空気抜きのずっと先を進んでいた。敵が空気抜きの穴をふさがないうちにそこまで行かないとならないのだ。

紫郎はやっと登った。空気抜きの穴に這いこんで晴雄を追った。晴雄は、斜め上方に向かって延びている空気抜きの穴を這い上がって行った。

明るみが見え出した。

紫郎は助かったぞと思わず声を出そうとした。その明るみのところで音がした。明るみを外から何者かがふさごうとしているようだった。

晴雄が這っていって、穴の中から、ザイルの輪を出して、穴の外でうごめくものをとらえようとした。ザイルの輪が黒いものをとらえた。晴雄は力いっぱい手もとに引いた。すぽっとなにかが抜けた。それはゴム長靴だった。外が静かになった。

晴雄は空気抜きの穴から頭を出した。眼もくらむばかりの明るさで、しばらくなにも見えなかった。晴雄が這い出て、続いて紫郎が出た。穴は木の茂みにかこまれた岩の根元にあった。雨水や土砂がはいりこまないように工夫してあった。穴は海の方に向かっていた。塚が崎の頂上近くであった。そこから十メートルほどのところに白髯さんの別荘の有刺鉄線があった。

二人は有刺鉄線をさけて大根畑に出た。晴雄も紫郎も無言だった。

晴雄は大根畑の中を横切って、白髯さんの別荘へ近づいて行った。晴雄がなにをしようとしているのか紫郎にはわからなかった。紫郎には晴雄の姿が三浦義澄の生まれかわりのように見えた。

晴雄はベルをおした。

白髯さんは二人を見て驚いたようであった。

「これだけは、あなたに言わねばならないと思って来た。おれと紫郎君は、亀さんの案内で神社の床下から地下要塞の中にはいった。途中で亀さんは、姿をかくした。ほとんど同時に、トンネルの通路が遮断された。われわれ二人はトンネルの内部に封じこめられた。そればかりではない。何者かが空気抜きの穴をふさいでわれわれを殺そうとした。おそらく、二、三人がぐるになってやったことであろう。いったいわれわれをなぜ殺そうとするのだ。理由はいったいなんなんだ」

晴雄は戦利品の長靴の片っぽをそこに置いた。長靴には白いペンキが飛んでいた。紫郎は、その長靴は亀さんのものにまちがいないと思った。

白髯さんは怒りとも悲しみともつかない眼で晴雄を見詰めて言った。

「あなたがなにを言っているのかよくわからない。あなたはひどく興奮している。常人ではないようにさえ見えます」

「ここに紫郎君がいるのですよ。紫郎君まで気が狂った子どもに見えますか」

白髯さんは、紫郎に眼をやった。紫郎は土砂にまみれていた。手に何か所か、かすり傷を受けていた。

「彼らは紫郎君を今までにも殺そうとしています。いったいなぜでしょうか」

白髯さんの眼に光るものが浮かんだ。白髯さんは、自分自身の心の動きに我慢できなくなったようにドアを閉じた。

晴雄と紫郎は県道へ出て、神社のところへ戻った。それまで二人ともひとこともしゃべらなかった。

「あら、はやかったわね、まだ一時間半しかたってはいないわ」

恵子は二人の土砂にまみれた姿を見て言った。

「亀さんはどうした」

源造が言った。

「亀さんとは穴の中で、はぐれた。おそらく彼は、あと、二、三時間たってから出て来て言うだろう。ひどい目にあった。おれはほんとうに死ぬかと思った。途中ではぐれた二人をおれは気違いのようになって探しまわっていたのだとね」

18

紫郎は、海が好きだった。雨が降っても風が吹いても、朝起きたら一度は海を見ないと気がすまなかった。その日によって、荒磯まで行くこともあるし、浜の砂を踏んだだけで、すぐ引き返すこともあった。

その朝は静かだった。

浜に出て海を眺めると、海のあちこちに、水蒸気が立ち昇っていた。高くは昇らなかった。海上二、三メートル昇ったところでゆらゆらと動いていた。その水蒸気は、次第次第に、面積をひろげていって、海の上の水蒸気が全部一つにつながってしまうと、もうそれは水蒸気のようには見えなくなった。霧になったのだ。海霧《かいむ》が発生したのである。海霧は、海上から浜にはやってこなかった。霧にはなったけれど、近くの海でつつましやかに日の出を待っているようだった。

この海霧は日の出までの短い命であった。

（ああ、海に春がやって来た）

紫郎はそう思った。三月になると海は急に春らしい表情になる。霧や靄がかかって眠いような表情になる。

浜を荒磯の方へ村の人たちが走っていく。

(おや、なにかあったのだろうか)

紫郎は眼をこらした。あっちこっちから村人が出て来て、浜を荒磯の方へ走って行った。紫郎も走った。なにが起こったのだろう。考えてもわからなかった。荒磯の近くの浜に、村人たちがかたまっていた。なにかが浜に打ち上げられたのだ。

「安だ。夜番の安だぜ」

という大人の声がした。

「クルクルパーの安だ」

と叫ぶ子どもの声がした。

紫郎は、人垣の中に頭を突っ込んで前に出た。砂浜の上に、濡れたままの着物を着て、安が横たわっていた。はじめっからそこに倒れていたのではなく、波打ち際に倒れていたのを、だれかがそこまで砂の上を引き摺って来たものらしかった。砂浜にその跡がついていた。

安は向こうをむいていた。紫郎は反対側にまわった。

安は眼をあいたまま死んでいた。安の顔を一眼見たとき紫郎は黒い顔の老人だと思った。着物を着て死んでいる安に、もし洋服を着せてみたら、あの黒い顔の老人にそっくりになる。安は手に枯れ草を握っていた。

「あの崖から足を踏みはずして落ちたんだよ安は。そのとき無意識に枯れ草を握ったのだろうな」

村の人が言った。村の人たちは、その人が指さす方にいっせいに眼を向けた。紫郎もそっちへ眼をやった。

黒い顔の老人が姿を見せた岩壁よりも、ずっと浜に近い方の崖の上を村の人は指さしていた。神社の裏の藪を抜ければそこまではだれにでも行けそうなところだった。崖の上の方には木が生い茂っていて、下の方は、草が生えていた。おそらく安は、その草の生えている崖をころがり落ちて来て、荒磯の石で頭を打って死んだものと思われた。頭は大きく割れていた。血はもうかたまっていた。

「安は、夜になると気が向くままに歩きまわるからな、しかし、安がこんなところまで来ているとは思わなかった」

「だがかわいそうなことをしたものだ。これでも安は村の中の一人だったからな、これで村の名物男が一人死んだことになる」

「東京の家族に知らせたろうな」

「ああさっき、警察へ電話をかけに行ったから、家族の方へは警察が知らせてくれるだろうよ」

村の人たちは勝手なことを言い合っていた。

「安が死んだって、ほんとうかね」

そう言って割り込んで来た者がいた。その人は安を見て言った。

「なるほど、着ている物を見ると安だ。安に間違いはない。しかし、こいつが安だということはおれには断言できないね。おれは一度だって安の顔を見たことはないからな。夜番の安は、人をこわがる病気だから、人の姿を見かけるとすぐ逃げた。だから、おれは一度も安の顔を見たことはないのだ。これを安だとだれが言ったのだ」

「そう言えばそうだな」

「なるほど、おれも安の顔は見たことがねえ」

村の人たちはうなずき合った。

「しかし、安だよ、そいつは。背丈から見ても年格好から言っても安だな、そいつの着ている着物が、ぴったり身についているじゃあないか」

そう言った者がいた。

「そうだ。やっぱり安だ。安にちがいない」

そう言われるとまた村人たちはそっちの方に賛成した。

「安だよそれは。間違いなく安だと、窪の長松さんが言っていたぞ。電話をかけに行ったのも長松さんだ」

その一声で、その死体は安であることに決まった。

窪の長松というのは、安が住んでいた小屋のような家の家主だった。長松は東京から月に一度か二度やって来る、安の家族から、家賃をちゃんともらっている手前、ときどきは安のところへ行っていた。おそらく長松だけは安の顔を知っていたに違いない。

「長松さんが安だと言ったらまず間違いがないな。そのうち東京からも家族が来るだろうし……」

村人たちは、安が、ほんとうの安であるかどうかについての詮索はそれ以上やらなかった。

紫郎はもう一度安の顔を見た。

安は確かに黒い顔の老人だった。岩壁から姿を現わした顔も、白髯さんの別荘の庭で見た顔も、この黒い顔だった。

この黒い顔の老人が、おれはあの小僧をやっつけるぜ、そうしないとおれの気がすまないのだと言ったのだ。

(黒い顔の老人と安とは同じ人だったのだ。同じ人間が、あるときは安になり、あるときは黒い顔の老人になっていたのだ。なんのために……いったいなんのために……)

紫郎は安にきいてみたかった。

死んだ人の顔には表情はなかった。安の眼はうつろであった。しかし、そのうつろな安の眼は、塚が崎の方を見詰めているようだった。死んでも、あきらめきれないなにかに向けている眼のようであった。

(塚が崎の地下要塞に金塊が隠してあるという噂はほんとうなのだ。そうでなければ、安がにせ気違いにまで姿を変えて、この村に残っている必要はない)

紫郎はそれまで、長いこと彼の頭の底に沈んでいた大きな疑問の一つが解けたような気がした。

紫郎は背を叩かれた。ふり向くと小林恵子が立っていた。彼女は紫郎に眼くばせをした。紫郎は安の死体から離れた。

紫郎と恵子はしばらくは黙ったままで、並んで砂浜を歩いた。まわりにだれもいなくなってから恵子が言った。

「わかったの紫郎君、安がだれであったか」

「いまやっとわかりました。夜番の安は気違いをよそおっていた黒い顔の老人だったんです。小庭安春という人だったのですね」

「そうだと私も思います。私の下宿へ上がりこんで、紫郎君の手紙や晴雄の手紙を盗み読みしたのは小庭安春だったのです。きっと紫郎君や私が、彼らの秘密に近づくのをおそれたからでしょう」

「その彼らというのは、安のほかに白髯さんと亀さんのことですね」

「たぶんそうです。そして、その秘密というのは噂のとおり金塊かもしれません。安が殺された今になってみると、そのように考えられないこともありません」

「安が殺されたんですって？」

「おそらく安は殺されたのでしょう。仲間のだれかに」

「すると、殺したのは亀さんか白髯さんだというのでしょうか。なぜ殺されたのでしょう」

「わかりません。仲間割れかもしれません」

「白髯さんは、人を殺すような人ではありません。あの人は、戦争を憎んでいました。人間同士が殺し合う戦争をひどく憎んでいました。人間の生命は大切にしなければならないと、いつも言っていました。あの白髯さんが人を殺すようなことは絶対にしないと思います」

「私もそうであってくれることを祈っています。けれど私はなにかもっと不幸なことが続くような気がしてなりません。紫郎君、今後は白髯さんのところへ行ってはなりません。塚が崎へ行ってもいけません。どうしても行かねばならないときには私か晴雄がいっしょについて行きます。あなたの体はあなたのものです。だからと言って、あなたが思ったとおりのことをなんでもしていいということはないでしょう。ここしばらくはじっとしているのです。そのうち、またきっとなにかが起こるような気がします。紫郎君は、その危険なうずまきの中にはいりこんではいけないのです。紫郎君、約束してくれますね。これからしばらくはじっとしていることを先生に誓ってくれますね」

恵子は足を止めて紫郎の方に向き直った。

恵子と紫郎は砂の上で見詰め合った。紫郎は、そんなこわい眼をした恵子を見たことがなかった。これ以上の紫郎のわがままは許しませんという眼つきだった。

「先生、よくわかりました。しばらくは、白髯さんのところにも、塚が崎にも近づかないことにします」

紫郎は約束した。そう約束したあとで、すぐ紫郎は白髯さんの言った言葉を思い出した。

（私は紫郎君が日曜日にやって来る足音が待ち遠しくてならない。私はいま紫郎君ひとりだけが友だちだ。きみがもしここへこなくなったら、私は寂しさのあまり死んでしまうかもしれない）

紫郎は眼を上げて恵子の顔を見て、またすぐ眼を伏せた。

（そうだ。小林先生との約束はしばらくなんだ。しばらくたったら……）

「なにを考えているの紫郎君、しばらくたったら、また白髯さんのところへ、こっそり行こうなんて考えているのではないでしょうね。しばらくというのは、先生が紫郎君に白髯さんのところへ行ってもいいと言うまでのことです。とにかくいまはいけません。血のにおいのするところに近づいてはいけません。金塊が隠してあろうがなかろうが、そんなことはどうでもいいことです。私たちには関係のないことです。そんなことは全部忘れて勉強をしなければいけないんですよ、紫郎君は、もうすぐ中学一年生でしょう」

恵子は紫郎をかたくいましめた。

「でも、先生、ぼくは海を見に浜に出ますよ、ぼくは一日だって、海を見ないではおられないのです」

紫郎はそのことだけは、はっきり言っておきたかった。

19

安が死んでひと月もたたないうちに亀さんが死んだ。

「亀さんは一昨日の夜毒を飲んで自殺したんですって。いつも早起きの亀さんが昨日の昼ごろになっても起きないので近所の人が覗いてみると死んでいたそうよ」

「気の毒なことをしましたね。亀さんは、あの年になっておかみさんもいない、子どももない、それに商売の方も農協の売店ができてからさっぱりだめということになると、この世の中がいやになったのでしょうよ」

「お酒が好きだったでしょう、亀さんは。だから、とび切り上等の洋酒の中に毒薬を入れて飲んだんですって」

紫郎は農協の売店へ、祖母に頼まれて買い物に行ったとき、村の女たちがしゃべっているのを聞いた。

紫郎には亀さんが自殺したということが、実感としては迫って来なかった。

紫郎は、すぐ小林先生の顔を思い浮かべた。

(小林先生は安が死んだとき、きっと近いうちなにかが起こると言った。そのなにかとはこのことであろうか。亀さんは自殺したのではなく、だれかに殺されたのではなかろうか)

紫郎は歩きながら考えていた。

紫郎が亀さんに会ったのは、一昨日だった。夕方近く海を見て帰って来る途中で亀さんに会った。

「どうもこの間は失礼しましたね坊ちゃん。トンネルの中で、道を探しに行って引き返してみると、そこにはあなた方はいないでしょう。探しましたよ、あのトンネルの中をあっちへ行ったり、こっちへ来たり、昼ごろトンネルを出て、源造さんの家へ行ってみると、あなたがたはとっくに帰っているでしょう……まったく、驚きましたね、まったく」

亀さんは、そのことはもう何度も言った。紫郎は亀さんが嘘をついていることを知っていた。紫郎は亀さんを睨みつけた。

「坊ちゃん、そんなこわい眼で見ないでくださいよ、世の中にはいろいろと手違いということがある」

そう言って、彼は小型トラックの運転台に乗った。その運転台に、白い馬のレッテルを張った洋酒の瓶があった。紫郎はそれと同じレッテルの張ってある洋酒の瓶が、白髯さんの海の見える広間の棚に置いてあったのを思い出した。白髯さんは輸入品の洋酒を飲んでいた。たくさんは飲まないけれど、高級洋酒を少しずつ飲んでいると言っていた。

紫郎は、亀さんの運転台にあった洋酒の瓶は白髯さんからもらって来たものではないかと思った。この辺に、輸入品の洋酒を売っている店はない。

(亀さんが死んだのは、一昨夜で、発見されたのはきのうだとすると、あの洋酒の中に毒薬が入れてあったのを亀さんは知らずに飲んだのではなかろうか)

紫郎は、いつの間にか家の前に立っていた。

(まさか、まさか白髯さんが人を殺すようなことをするものか)

だがどう考えてもあの洋酒の瓶があやしい。紫郎は農協の売店から買って来たものを家に置くと、すぐ外に飛び出した。

「どこへ行くの、紫郎」

祖母のぬいの声がしたが、紫郎はふり向かなかった。学年末で学校は休みである。小林先生は東京へ行っている。小林先生との約束を破ることになるけれど、白髯さんのところへはすぐ行かねばならないと思った。なぜか白髯さんの身に危険が迫っているように感じたからであった。いま、行ってやらねば、もう白髯さんとは永久に会えなくなるような気がした。

(紫郎君、おれは死ぬ前に、紫郎君だけには真実を話して死にたい。いまは、ほんとうのことが言える人は、この世の中にきみしかいないのだ)

いつか白髯さんは紫郎にそう言ったことがある。そんなことが冗談で言えるものではないと紫郎は思う。何回か会っているうちに、紫郎は、白髯さんが好きになっていた。

紫郎は県道を塚が崎へ走った。

安が死に、続いて亀さんが死んだ。安と亀さんがだれかに殺されたとすれば、彼らとグループを組んでいた白髯さんがこの次には殺される番である。安と亀さんと白髯さんの他に、第四の人物がいて、その人物がなにかをたくらんでいるのかもしれない。

県道から塚が崎の台地へ駈け上がると息が切れた。もう大根畑はなくなって、その後は耕されていた。間もなく西瓜畑になるのだ。

広い台地の畑を見まわしたが、そこに働いている人はだれもいなかった。

(もし、ぼくがここでだれかに殺されたとしても、ぼくがこの家へ来たことを知っている人は一人もいない)

紫郎はふとそんなことを思った。

紫郎は玄関のベルを押した。

「来てくれたか、紫郎君。私はもうきみは来てくれないと思っていたよ」

白髯さんはうれしそうに言った。

「心配だったんです」

「なにが心配だったのだね」

白髯さんは紫郎を海の見える広間につれて行った。

「安が殺され、亀さんが殺されたから、今度は白髯さんが殺される番ではないかと心配したんです」

「安と、亀さんが殺されたということをどうして知っているのだね」

白髯さんがきつい眼で紫郎を見た。

「ぼくの想像です。安はにせ狂人であって、黒い顔の老人と同じ人であった。安はだれかに崖から突き落とされて死んだのだ……そう考えたのです。そして、亀さんは……」

紫郎は立ち上がって、洋酒が置いてある棚を見た。白い馬のレッテルをはった洋酒の瓶がなかった。

「あの瓶がない……」

紫郎は顔色を変えた。

(まさか、この白髯さんがあの亀さんを)

「紫郎君、亀さんを殺したのは私だ。洋酒の中に毒を入れて彼にやったのはこの私だ。そして、にせ狂人の小庭安春を殺したのも、この私だ。なぜあの二人を殺したのか、殺さねばならなかったのか、その理由は簡単だ。このままにしておくと、二人は紫郎君を必ず殺すからだ。紫郎君を守るためにあの二人を殺したのだ」

紫郎は信じられなかった。白髯さんが人を殺すなんて考えられないことだった。

「なぜ二人はぼくを殺そうとしたのです」

「金塊に近づこうとしたからだ。紫郎君が、海の方から塚が崎の岩壁に近寄ろうとしたから、あの二人は恐怖を抱き始めたのだ。あの二人は、もとはそれぞれりっぱな人間だった。大きな野心を持っていた。日本が敗戦と決まったとき、軍が持っていた金塊をこの塚が崎に隠して、日本軍の再起の資金にしようとくわだてた七人の元軍人はそれぞれりっぱな人たちだった。しかし、日本軍の再起などということができない相談だとわかると、七人の仲間の中に、隠した金を自分だけのものにしようというやつが出て来た。まず七人のうちの一人が金を盗もうとしたので、仲間に富士見が崎から突き落とされて死んだ。続いて、残った六人のうち三人が協同して金塊を盗もうとして仲間に殺された。数年後、白骨死体となって、学生に発見された。残った三人は、私と小庭安春と鶴港亀之進の三人となった。話は前にもどるけれど、金塊を狙っている者は外部にもいた。終戦直後に、軍が持っていた金塊が海路どこかに運ばれて行ったという事実を知っている者はかなりいた。塚が崎の要塞に隠されたという噂が出ると、金塊亡者がつぎつぎとやって来て、トンネルの中にもぐりこんだが、だれも隠し場所に近づくことはできなかった。やすやすと探し出されるようなところには隠しておかなかったからだ。ただ今までのうちに二人だけが、そこに近づこうとして殺されたことがある。その二人は金塊を盗もうとしたのではなく、まったく偶然にその秘密の場所の近くに現われたから殺されたのだ。気の毒な犠牲者だった」

白髯さんはそこで話すのをやめ、胸をおさえて、苦しそうな顔をしていた。白髯さんは粉薬と水を持って来て飲んだ。

「そんなに多くの人を白髯さんは殺したのですか」

人を殺すことは悪いことだと言っていた白髯さんが人を殺したとは信じられないことであった。

「私自身が直接手を下さなくても、仲間がやれば、私だって同罪だ。しかし、直接私が殺したのは、小庭安春と鶴港亀之進だけである」

白髯さんはそこでしばらく休んで先を続けた。

「七人の仲間のうち四人が死んで、残った三人がほっと一息ついたときには、三人は隠した金塊に自分自身がしばりつけられて動けなくなっていた。金塊を三人で分けようにもあまりにも多すぎて分けようがない。金塊を少しずつ隠し場所から取り出して、お金に替えて好きなことに使おうという話も出たが、それはできない相談だとわかってやめた。金塊を売って、ふつうのお金に替えることは非常にむずかしいことだった。世の中が安定して来れば来るほどむずかしくなった。どんな方法を使ってみたところで、必ず出どころを追及される。三人のうちの一人でもぼろを出したらたいへんなことになる。警察に知られて、つかまれば、三人は確実に死刑だ。われわれ三人はどうにもしようがなくなった。三人はいつの間にかその隠した金のために、常に身の危険を感じなければならないようになっていたのだ。紫郎君、おかしな話だろう。金塊の山の中にいて、その金塊を使うことができなくなったのだ。そして三人はもう年老いていた。そこに現われたのが紫郎君だった」

「ぼくが秘密の場所に近づこうとしたから、三人は身の危険を知ったのですね」

「きみに最初に姿を見られたのは小庭安春だ。岩壁から姿を出したとき偶然きみに見られてしまったのだ。それからきみは、晴雄君や小林先生まで、仲間に引っ張りこんだので……」

「違います。小林先生は……」

「わかっている。きみたち三人はなんの野心もない。ただ岩壁の構造に興味を持っただけだが、小庭と鶴港は、きみたちが金塊に近づくことを非常におそれた。小庭は岩壁の穴から岩石を落としてきみを殺そうとした。鶴港はきみたちをトンネルの中に誘いこんで殺そうとした。二人は応召で軍隊にはいったのだが、二人ともその前歴が優秀な技師だったから、この地下要塞を作るときの設計に関係した。二人は地下要塞の構造をよく知っていた」

白髯さんはそこまで話して突然咳きこんだ。薬を飲んだばかりだというのに、なぜ咳がでるのだろうと紫郎は思った。紫郎は白髯さんの背中を撫でてやった。白髯さんが、いく人かの人を殺したグループの一人だとわかっても、紫郎には、なぜか憎むことはできなかった。

20

「小庭も鶴港も終戦後ずっとここで金塊を見張っていた。金塊を自由にお金に替えることがむずかしくなった現在では、彼らは金塊を死ぬまで守ろうという気になった。金塊が自分たちのものであるということだけに満足して生きていたのだ。紫郎君、きみを殺そうとした彼らを許してやってくれたまえ、彼らがこうなったのは、もとはと言えば戦争だ。戦争の傷跡が彼らの頭の中に、このような形で残ってしまったのだ。しかし、その彼らも死んだ。あとは私一人だ。

その私も間もなく死ぬ。近いうちに死ぬことは私にははっきりわかっているのだ」

白髯さんは腕をまくって注射の針の跡を見せて言った。

「私の体には、もう薬もきかなくなった。注射をしても、二時間とはもたなくなった」

白髯さんは、医者も呼ばずに、自分の体に自分の手で注射を打っているのだ。

「なぜ、お医者さんに相談しないのです。なぜ入院してその病気をなおさないのです」

「病院に入院している時間がないのだ。私にはいそいでしてしまいたいことがある。その仕事が終わってから自分の体のことを考えたい」

「金塊をどうにかするのですか」

「そうだ、金塊のこともある。その前に私は、私の別荘の下の地下要塞の主要部分を破壊してしまいたい。この地下要塞は、上陸軍撃破の夢の要塞だったが、でき上がったときには終戦になっていた。要塞でありながら、大砲も機関銃も据えつけることなしに終わった。だが、この要塞を作った者は、この地下要塞に愛着を持っていた。小庭も鶴港も私もそうだ。しかし、私たちが持っていた夢や愛着は私たちだけで終わらせたい。後世に伝えてはならない。私は近日中に、この地下要塞の主要部を破壊するつもりだ。しかし紫郎君、要塞は破壊しても金塊は残すつもりだ。要塞の夢は滅びても金塊の夢は現実として生かしたいのだ」

白髯さんは続いてなにか言おうとしたが、それをやめて、紫郎に棚の上の洋酒の瓶と洋酒用のグラスを持って来てくれないかと言った。その言葉には力がなかった。

紫郎は言われるとおりにした。

「この洋酒の中に毒薬を入れて飲んだら、比較的楽に死ねるだろう。しかし、おれはそうしない。おれは飽くまでも、死と戦って死ぬのだ。自殺などという卑怯なことはしたくない」

白髯さんの顔にすこし赤味がさしたようだった。

「さあ、いよいよきみにお別れを告げないとならない」

白髯さんは、白い紙に、太い万年筆で字を書いた。

辞世《じせい》の句
鵜《う》の塚《つか》の嘆《なげ》きに答《こと》う彼岸島《ひがんじま》

白髯さんは書き終わるとそれを読み上げた。

「わかるかね、この意味が」

「わかりません」

「考えるのだ。一生懸命考えるのだ。ひと月考えてわからなかったら、一年考えろ。それでもわからなかったらさらにもう一年考えろ。それで、この謎が解けなかったら、金塊のことはあきらめろ」

「金塊のことですって？　ぼくは金塊なんかほしくはありません」

「ほしくはなくとも、紫郎君は、金塊を受けつぐ人として残されたたった一人の人なのだ。この謎を解いて金塊を受け取ってもらわねばならない人だ。私はこんなめんどうなことをせずに、そのあり場所をきみに教えてやりたかった。しかし、あの金塊をきみにただで上げるわけにはいかない。きみには、あの金塊を得るにふさわしいだけの努力をしてもらいたいのだ。わかったね、紫郎君、私がきみにあの金塊をさし上げたい心の奥には、罪のつぐないをしたいという気もあるのだ。この謎はきみならば一か月で解ける。きみはかしこい子どもだからだ。しかし紫郎君、この謎はきみ一人で解かねばならない。小林先生や晴雄君の助力を得ずにやってみるのだ。見事に謎が解けて金塊を見つけた場合は、きみは、すぐ警察に届け出ることだ。所有者のない拾い物はやがてきみの物になり、きみは日本一の金持ちになるだろう。そしてそのお金をきみがどう使うかについては、小林先生や晴雄君に相談して決めればいい。紫郎君、この辞世の句は他人に見せてもかまわない。だれが見てもこれは辞世の句としてりっぱに通るようにできている。しかしこの辞世の句の中にかくされてある謎に気がつく者はないだろう。紫郎君、謎はきみ一人で解いてくれ。必ず解いてやると思えば解ける。解けないはずはない」

白髯さんは立ち上がると、紫郎に大きな手を出して握手を求めた。その手はごわごわとして固かった。

「紫郎君、堂々と大地を踏んで進みたまえ。海が好きなら船に乗って世界の海へ出て行くがいい。そして時折り、この塚が崎に住んでいた白髯の老人のことを思い出してくれたまえ。ではさようなら、紫郎君、おそらくきみと会うことは二度とあるまい」

白髯さんは紫郎を玄関まで送り出した。

「さようなら白髯さん。謎はぼくひとりの力できっと解きます」

白髯さんの眼に涙が浮かんだ。紫郎は見てはならないものを見たような気がして、あわてて下を向いた。

ドアがばたんとしまった。それは二度と開くことのない鉄の扉のように見えた。

紫郎は家へ帰ってからも白髯さんのことが心配でならなかった。白髯さんをそのままにしておいていいだろうか。

その翌日の朝、村の人たちの何人かが、塚が崎の方で、続いて何度も地鳴りがするのを聞いた。

「なんだろう。海鳴りではない。たしかにあれは地鳴りだが」

その音を聞いた人たちが話しているのを紫郎は聞いた。白髯さんが地下要塞の主要部を爆破したのだなと思った。そしてその翌日、白髯さんのことが心配になったので塚が崎に行こうと思っているところへ、村の人が紫郎の家へ来て言った。

「紫郎さん、あなたと親しくしていた、塚が崎の白髯さんが松浦のヨットハーバーでヨットにペンキを塗っているとき、突然、喘息の発作を起こして死んだそうだ。近くにいた人が見つけて医者を呼んだが間に合わなかったということですよ」

紫郎は眼の前が暗くなったような気がした。

（白髯さんは、わざと薬を持って行かなかったのだ。薬がきかなくなったと言っても、まだまだ死ぬほどのことはなかった。白髯さんは薬をやめて、死と戦って死んだのだ）

紫郎は自分の部屋に行って机に向かった。引き出しから白髯さんが残して行った辞世の句を出した。

鵜の塚の嘆きに答う彼岸島

何回読み返してみても意味がわからなかった。謎とはいったいなんであろうか。金塊の隠し場所の謎がこの中にほんとうに書きこまれているのであろうか。

まさか白髯さんが嘘を言ったのではあるまい。嘘を言って紫郎を困らせるようなことをするはずがない。

（そうだ。小林先生にまずこれを見せよう。辞世の句の意味を教えてもらおう。謎を解くのはその後だ。辞世の句の意味を聞くぐらいは、白髯さんも許してくれるであろう）

紫郎は恵子の帰りをひたすら待っていた。

21

恵子は、紫郎が彼女との約束を破って白髯さんに会ったということについて紫郎を特に叱りはしなかった。白髯さんはもう死んで、すべてが終わったのだからと思ったのである。

恵子は白髯さんの辞世の句を読んで紫郎に説明した。

「辞世の句というのは、この世に別れを告げるに際して、後に残しておく俳句という意味です。さて、この俳句ですけれど、ずいぶんひねった俳句ですわね。白髯さんは自分を鵜にたとえたのです。塚はお墓のことです。この場合は死を意味しています。嘆きは、悲しむことだわね。その悲しみに答えてくれるのは彼岸島ということになる。彼岸島の彼岸はおひがんのことでしょうね多分。彼は春の彼岸のすぐ後で死んだでしょう。彼岸というのは、もともと仏教の言葉で、心のなやみや、悲しみや、くるしみの流れを越えて、悟りの岸に立つということです。白髯さんは死んではじめて人間は悟りの境地に立てるという意味と、この俳句の季題とをからませたのでしょう。俳句の季題については、いつか教えて上げたでしょう。俳句の中には必ず入れなければならない季節を表わす言葉です」

恵子は一応そのように説明してから、どうわかりましたかというような顔をした。

紫郎は、かえってわからなくなった。

「ではまとめてみましょうね」

恵子は、しばらく辞世の俳句を見詰めていたが、やがてゆっくりと話し出した。

「人間の命は鶏の鳥の命と同じようにはかないものである。私は人間として多くの心の悲しみや苦しみを持って生きて来た。なぜ人間はこれほど生きることに苦しみ、また死に対して悲しまねばならないのだろうか。その疑問に対して、私は死ぬということこそすべての苦しみや悲しみから離れて、やすらかな境地に達することだとやっとわかりました。私はいまその彼岸島へと旅立つところです」

恵子は顔を上げた。

「紫郎君、これでわかったでしょう、白髯さんの気持ちが。彼は、死によってすべてが救われると言っているのです。安も、亀さんも、そして白髯さんも死にました。彼らが金塊を隠しておいたかどうかという謎も、彼らとともに死にました。紫郎君、もう塚が崎へ行っても大丈夫です。けれど、あのトンネルの中へ一人ではいるようなことはしないでね」

恵子は紫郎の肩を叩いて言った。

紫郎は、軽くうなずいただけだった。ちっともうれしそうな顔はしなかった。

（どうしたのだろう、この子は。白髯さんの死を悲しんでいるのだろうか）

「紫郎君、あなたを殺そうとするような人はもういなくなったのよ、あなたが勝ったのよ」

「勝ったの、ぼくが？　ぼくはだれとも戦ったりなんかしなかった」

紫郎は不服そうな顔をした。

「そうだったわね、紫郎君は戦ったのではないわ、向こうが勝手に紫郎君を敵に見たてただけのことね」

しかし紫郎の顔は晴れやかにはならなかった。それから三日目に紫郎は中学一年生になった。中学生になっても紫郎は相変わらずつまらなそうな顔をしていた。友だちに誘われても遊ぼうとはしなかった。常になにか考えごとをしていた。

大塚村小学校の久松良子が、中学校へ転校して来て紫郎の組の担任の教師となった。小林恵子は中学校に久松良子を訪ねて紫郎のことをたのんだ。なにかまた考えごとを始めた紫郎のことが心配だった。

「紫郎君は、なにかに夢中になると、徹底的にそれをやり遂げようという子です。どうか、よろしくお願いします」

「わかりました。なにか紫郎君について困ったことができたら、あなたの力をお借りすることにしましょう」

久松良子はそう答えてから、紫郎についてもう少しくわしいことをきこうとしたが、そこへ電話が来たので、恵子に挨拶して席を立った。

紫郎は、謎を解くことに懸命になっていた。白髯さんの辞世の俳句は、恵子が見てりっぱだと言ったように、ていさいは整っていた。紫郎はそのていさいの整っている俳句の中に隠されている謎についてずっと考えつづけていた。その謎を解くことが、白髯さんとの約束を守ることであり、不幸な白髯さんにむくいることだと考えた。白髯さんは人殺しまでして紫郎の命を守った人だ。

紫郎は考え続けた。家にいるときも、学校へ行く途中も考えていた。授業中にふと気がつくと、白髯さんの辞世の句のことを考えていた。眠りにつくときも、眼をさましたときも、紫郎の頭の中には、白髯さんの辞世の句があった。このままだと、自分はこの辞世の句の謎を解くために頭がおかしくなるのではないかとさえ思われた。謎解きなどやめようかと思うことがあったが、心のどこかで、やめてはならない、このくらいのことで音を上げてはならないという自分自身の声が聞こえた。

紫郎は朝夕二度、必ず海辺に出る。海を見ない生活は彼にはあり得なかった。

紫郎は夕日が沈んだばかりの海を見ていた。海の一日の活動がすべて終わって、海もまた眠りにつこうとしているようだった。凪もやんだ。

(ほんとうに静かな海だな)

と紫郎は思った。その静かな海の一か所だけが、まだその日の終わりになっていなかった。

鵜の島の周辺にかもめの群れがねぐらを求めて集まって来ていた。鵜は、自分たちのねぐらに割り込もうとするかもめを、実力で、追い散らそうとしていた。かもめがねぐらをあきらめて去ったすぐ後で、今度は鵜が、二つの集団にわかれてはげしい争いを始めた。

鵜は入り乱れて争った。争う鵜の鳴き声が海を越えて、富浜に立っている紫郎にまで聞こえた。しかし鵜の争いは、そう長くは続かなかった。島の外に追い出された鵜は、島の上空で集団を作って、塚が崎の方へ飛んで行った。

紫郎の島が静かになったときほんとうの夜が来た。

紫郎は鵜の島を見詰めていた眼を足元に落とした。帰ろうと思った。眼は鵜の島から離れたが、「鵜の島」という地名だけが、はっきりと頭に残った。

紫郎は歩き出した。すると、すぐ、彼の頭の中に、

鵜の塚の嘆きに答う彼岸島

の、辞世の句が浮かんだ。その辞世の句と、彼の頭の中に残像のように残っている「鵜の島」とがからまり合った。彼は頭の中に書いてある辞世の句を大きな声で読み上げてみた。一番最初に出て来る「鵜の」という二字と一番最後に出て来る「島」という字が組み合わさって「鵜の島」になった。それがいままで見ていた「鵜の島」の残像と重なり合って輝き出した。「鵜の島」が頭の中に、大きくひろがった。

(もしかすると、この辞世の句の謎を解く鍵は、この「鵜の島」ではなかろうか)

紫郎は、その鍵をしっかり手に握ったまま、家に帰ると机に向かった。

鵜の塚の嘆きに答う彼岸島

の中の「鵜の島」を取り出して別にした。

塚の嘆きに答う彼岸

紫郎は、「塚の嘆き」に注目した。

（塚は、塚が崎の塚と関係あるかもしれない。それを考えてみよう）

塚は塚が崎の三つ塚のことかもしれない。紫郎はいつか、その塚の枯れ草の中にかくれていたとき、塚の中から聞こえて来る物音を聞いたことがあった。その時は塚の下の地下要塞のトンネルが海に通じているので海鳴りの音が聞こえるのだと思った。

（そうだ。あの音は海のつぶやきの音とは違っていたが、海のつぶやきとなにかしら似た音だった）

紫郎の頭の中にそのとき、「海の嘆き」ということばが浮かび上がった。

（そうだ。「塚の嘆き」というのは「海の嘆き」のこと、つまり塚の中から聞こえて来た海の音のことではないだろうか。塚の下にトンネルがあってそれが海に通じているから、あのような音が聞こえて来たのだ。大潮の干潮の時にかぎって聞こえる、あの海のつぶやきも、「塚の嘆き」も同じ原因によって起こるものに違いない。要するに「塚の嘆き」というのは、金塊を隠してあるトンネルは海に通じていることを示しているのではなかろうか）

紫郎の頭は冴えて来た。

（「鵜の島」が謎を解く鍵だとすれば、その鍵を謎の扉のどこかにさしこめば、謎の扉をあけることができることになるだろう）

紫郎は、辞世の句の中に、「鵜の島」をさしこんでみようと思った。
紫郎は紙の上に書いてみた。そうするのが一番わかりやすかった。

㈠　鵜の島　塚の嘆きに答う　彼岸
㈡　塚の嘆きに答う　鵜の島　彼岸
㈢　塚の嘆きに答う　彼岸　鵜の島

順序をどう変えてみても彼岸だけが、とびはなれた感じになる。しかし、この三つの中で、㈡が彼岸だけを取ると、なにかの意味を持っているように思われる。

（塚の嘆きに答う鵜の島）

紫郎はこの意味を考えた。
「塚の嘆き」というのが、金塊がかくしてあるトンネルの方向を示すものとすればそれに答えるもの、別の言葉で言えば解決を与えるのが「鵜の島」だということになる。
彼は考えを文字にした。

塚の嘆きに答う……金塊をかくした方向を知っているものは
鵜の島………それは鵜の島である

彼岸…………？

彼岸だけが相変わらずなんのことだかわからない。

鵜の島は海の中にある。塚が崎とは離れて独立している。鵜の島へ行くには海路からでなければならない。

紫郎は白髯さんの話の中から二つのことを思い出した。

㈠金塊が海路どこかに運ばれて行ったということを知っている者はかなりいた。

㈡紫郎が安と亀さんに狙われたのは、海の方から塚が崎の岩壁に近づいたからである。

この二つを考え合わせると、どうやら金塊のかくし場所は鵜の島を含めた岩壁に近いところということになる。

（紫郎さんしっかりして、そこでよく考えるのよ）

紫郎は母の声を聞いたような気がした。

（そうだ紫郎、「鵜の島」から眼を離すなよ）

つづいて父の声を聞いたような気がした。

その亡き父母の声が紫郎の頭に浮かび上がったとき、紫郎はつぎの二つのことを思い出した。

㈠金塊のかくし場所に近づこうとして殺された者がある。その二人はまったく偶然にその秘密の場所の近くに現われたから殺されたのである。

(二)紫郎に金塊をやりたい白髯さんの心の奥には罪のつぐないをしたいという気持ちがあった。
紫郎は(一)と(二)を組み合わせて、彼の父母の死に結びつけようとした。殺された二人が彼の父母であったとしたらどうであろうか。

紫郎は彼の考えを頭の中でまとめた。


金塊をかくした場所は鵜の島から、塚が崎の岩壁にかけてのどこかである。

紫郎は岩壁に近づいて殺されようとした。

紫郎の父母はそこに偶然近づいて殺された。

紫郎が初めて父の名を言ったとき、白髯さんは顔色を変えた。白髯さんは父のことを知っていた。

白髯さんは父母を殺した罪のつぐないのために紫郎に金塊を与えようとしている。

紫郎はそこまで考えたが、考えはそこで止まった。彼岸とはなんであろう。それがわからないと謎は解けない。

(父母の死因についてもう一度お祖父さんにきいてみよう。あるいはお祖父さんは、父母が近づいたところを知っているかもしれない。そこに金塊はあるのだ)

紫郎は部屋をとび出して祖父の源造を探した。源造は庭にいた。

「お祖父さん、お父さんとお母さんが乗った舟が行方不明になったしばらく前に、お父さんたちの舟が鵜の島の近くへ行ったことはありませんでしたか」

源造はなんでそんなことを突然、きくのだという顔つきをした。

「ねえ、お祖父さん、思い出してくださいよ」

「ああ……」

と源造は手を膝に置いて考えていたが、

「そう言えば、二人が死ぬ前のことだ。風が強い日に漁に出た義造の舟のエンジンが止まって、鵜の島の近くに押し流されて行ったことがある。いよいよの場合は、二人で鵜の島へ逃げようと話しているうちに海がおだやかになったので、櫓を漕いで帰って来たことがあった」

「お父さんとお母さんが死ぬ前というと?」

「確か春のお彼岸の前だった。あの年はどういうものか三月になっても、強い風の日が続いたものだ。しかも、義造の舟のエンジンが悪いというのだから、二人は苦労したものだ」

「お彼岸の前ですね、春分の日の前に間違いないですね」

「そうだ。思い出したぞ紫郎。あれは、春のお彼岸の前の大潮の日だったぞ。そうだ間違いない、大潮の日だった。彼岸のころの大潮は一年のうちで一番潮の干満の差が大きくなる日だ。潮が大きく動くと魚も動く。漁にはむいているのだ」

源造は、そこまで話して黙った。紫郎の顔色が変わったからである。紫郎は思いつめたような顔をしていた。海の底の底にあるものを、とうとう見つけ出したような眼をして立っていた。

(解けたぞ!)

紫郎は心の中で叫んだ。紫郎は頭の中でもう一度整理し直してみた。

辞世の句

鵜の塚の嘆きに答う彼岸島

塚の嘆きに答う　鵜の島　彼岸

彼岸　鵜の島　塚の嘆きに答う

彼岸になると鵜の島は塚の嘆きに答える。

謎の解答

彼岸のころの大潮のときは満潮と干潮の差が一年中で一番大きく現われる。一年中で一番大きく潮が引くのもこのときである。彼岸の大潮のころ鵜の島へ行ってみれば、金塊のかくしてある場所は、きっと姿を現わすであろう。

紫郎の顔が輝いた。彼は喜びのため息をついた。

「今日は何日でしたかね、お祖父さん」

「紫郎、お前はよほど、どうかしているぞ、今日は五月の十日だ」

「するとこの次の大潮は？」

「大潮、この前の満月の大潮が先月の二十八日だったから、この次の新月の大潮は十三日ごろかな、多分、そうだと思うが、念のために暦を調べてみろ」

紫郎は大きくうなずいて、茶の間へ暦を調べに行った。柱にかけてある暦を取って調べてみると五月十三日に間違いなかった。いつの間にか、源造がうしろに立っていた。

「紫郎、お前はどうしたというのだ。大潮がどうだというのだ。紫郎、お前はいったいなにを考えているのだ」

「いいんです、お祖父さん。ぼくは潮の動きについて研究しようと思っているんです。ぼくはもう中学一年生だからな」

紫郎は祖父に嘘を言って悪いことをしたと思った。しかし、こうでも言わなければ源造は心配するにちがいない。

「潮の研究だって？」

「そうです。ぼくはやるぞ、ひとりできっとやってみせるぞ」

紫郎はそのとき、白髯さんの顔と同時に両親の顔を思い浮かべた。白髯さんの顔はすぐ消え、父と母が顔をそろえてじっと紫郎を見詰めていた。二人は温かい眼で紫郎を見詰めていた。おやりなさい、やってごらんなさいと二人が声をそろえて言っているような気がした。

22

謎は解けた。あとは実行するだけだと紫郎は思った。五月十三日の大潮は彼岸のころの大潮に比較すると二か月近くもおそい。しかし、おそ過ぎるということはないだろう。紫郎はそのように確信した。

その日は眼の前に迫っていた。紫郎はその準備を始めた。五月十三日と言えば海はまだ冷たかった。大潮の日に潮がいちばん遠くまで引いて行く時刻は、午前十一時と午後十一時である。鵜の島へ行くとすれば、午前十一時である。荒磯を伝わって行って、鵜の島との最短距離のところで海にはいったとしても、五十メートルは泳がなければならなかった。

塚が崎の先端と鵜の島との間の海の流れは速いことも考えに入れねばならない。

紫郎は海へでかけて行って膝のあたりまではいってみた。海の水は冷たかったが、冬の海のようではなかった。もう五月である。

紫郎は祖母のぬいの眼を盗んで、水泳パンツ、セーター、下着、タオルなどを用意したほかに、懐中電灯、水筒、マッチなどを揃えた。食料は農協の売店からパンを買って来た。ついでにビニールの袋をいく枚か買った。紫郎は小学校の一、二年生のころ使った浮き袋を探した。それは物置きの中にほこりだらけになっていた。紫郎は、源造やぬいに知られないように、それを浜へ持って行き、空気を吹きこんで、海の水の中におしこんでみた。浮き袋はまだ使用できた。

紫郎はそのほかに忘れ物はないかどうか考えた上、磁石、小さいノート、鉛筆、ナイフなどのようなこまごました物を揃えた。

学校は無断で休むつもりだった。そうすることは悪いことだと知っていた。しかし、紫郎はいまをおいては謎を解くチャンスはないように思われるし、こんなことは新しい担任の久松先生に相談できなかった。嘘を言って学校を休むより黙って休んだほうが気が楽だった。

紫郎は彼自身で、学校を休むことについての言いわけをちゃんと考えていた。

（学校を休むことは悪い。しかし学校で教わることより大事なことをいまぼくはやろうとしている。ぼくの一生にとって、おそらく一番大事なことをぼくはいましようとしている。そのためには学校を休むのもやむを得ないだろう）

それは紫郎だけに通用する理屈であった。しかし、彼はその彼だけの理屈を正しいと思った。そう思いこまねば、出て行かれなかった。

五月十三日はよく晴れていた。紫郎は朝起きると、まず海を見に荒磯まで行った。夕べこっそり家を抜け出して、荒磯の岩のかげにかくしておいた物は全部そのままになっていた。

紫郎はいつものとおり、祖父や祖母とともに朝の食事をして、彼の部屋にはいって、勉強道具をカバンに入れて、

「行ってまいります」

と家を出た。

（お祖父さん、お祖母さん、すみません、許してください）

紫郎は心の中で二人にあやまって家を出た。家を出て少し行ったところで、なにか忘れ物でもしたように裏道を引き返して、浜に出た。

紫郎は浜を荒磯に向かった。

十一時までには、まだ時間があった。彼は岩のかげにかくしておいた物を持って、つぶやき岩のところで一休みした。潮は引き始めていたが、潮が引き切ってしまうまでにはなお時間があった。彼は岩のかげにかくれて海を眺めていた。村の人に見られないためだった。学校をさぼって荒磯に出ていたなどと言われるのがいやだからかくれていたのであった。

春の海はなにかのんびりと大きく見えた。潮の目が美しい海の模様を作っていた。浜の方を見ると、ワカメの干し場に竿だけが並んでいた。もうワカメ取りは終わったのに干し場だけは取りこわさずにそのままになっていたのである。紫郎は海に向き直った。海をじっと見ていると眠くなった。探検に行く前のようなさしせまった気持ちはなかった。

紫郎は腕時計をときどき見た。中学生になったお祝いに祖父が買ってくれたものであった。時計が十時半になったとき、紫郎は準備を始めた。まず浮き袋に空気を入れた。水泳用のパンツ一枚になって、時計や衣類はビニールの袋に入れた。道具や食料なども一つ一つビニールの袋に入れ、それをひとまとめにしてナップザックに入れて、それを浮き袋にしばりつけた。あとは、紫郎の腰にゆわえつけたひもの先にこの浮き袋を結んで海にとびこめばいいのであった。

準備が終わると、紫郎はつぶやき岩のところにおりて行って、岩に耳を当てた。海のつぶやきはもう始まっていた。彼は息をころして、海のつぶやきの中から、母の声を聞こうとした。父の声を聞きたいと思った。母の声も父の声も聞こえなかった。そのかわり、紫郎自身の心臓の音がどきんどきんと聞こえて来る。

紫郎は岩から離れた。海にもまだ飛びこまないうちから、こんなに胸が高鳴るのはなぜであろうか。海をおそれているのであろうか。

(いや、ぼくは海をおそれてはいない。これこそ、武者ぶるいというものだ。三浦義澄が単騎、敵陣にかけこむとき、彼は武者ぶるいをしたとお祖父さんが話してくれた。その武者ぶるいをいまぼくはしているのだ)

紫郎は腰にひもを結んだ。念のために力いっぱいひっぱってみてから、その先を浮き袋につけた。

紫郎は、浮き袋を海に入れた。海に飛びこもうと思ったけれど、急激に冷たい水の中にはいるのはよくないと思ったので、足の方から先に、ゆっくりと水の中にはいった。非常に冷たかった。

紫郎は鵜の島に向かって叫んだ。

「行くぞ!」

鵜の島の上に数羽の鵜が首を並べてこっちを見ていた。

紫郎は泳ぎ出した。彼の後から、浮き袋がついてゆく。泳ぎ出すと、海の冷たさは、それほどこたえなかった。

紫郎は海流に押し流されないように、上流に向かって泳いだ。海流にすこし押し流されても、鵜の島に泳ぎつけるように泳いだ。紫郎は水泳には自信があった。鵜の島まで泳ぎつくことはそれほどむずかしいことだとは思わなかった。ただ、鵜の島と塚が崎との間の海流の速さが気になった。しかし、泳いでみると、海流もさほどのことはなかった。

紫郎は鵜の島に泳ぎついた。前から這い上がろうと見当をつけていた岩に上がった。風がないからよかった。もし風があったら寒くて、岩の上になんか立ってはおられないだろうと思った。

鵜の島の鵜が騒いだ。こんなところへはめったに人はやってこなかった。ここは鵜の島であり、人の来る島ではなかった。そこへ紫郎が来たので、あわてものの鵜は、島を飛び立って塚が崎の方へ飛んでいった。

紫郎はその鵜を眼で追った。鵜が飛んで行く方向に塚が崎の先端の岩壁がはっきり見えた。紫郎は塚が崎の先端を見たのは生まれて初めてであった。幅のせまい短冊のような垂直な岩壁が海に落ちこんでいた。岩壁と海とが接するところに小さな穴が一つ見えた。穴は海とすれすれのところにあり、注意しないとわからなかった。おそらくお彼岸の近くの大潮のときだけしか姿を現わすことのない穴であろう。鵜の島からでないと、その穴は見えなかった。沖を通る船には、鵜の島が眼かくしになって穴は見えないだろう。塚が崎と鵜の島との間には浅瀬があるから、舟は通らなかった。釣り人もここにはこなかった。

(村の人でこの穴の存在を知っている人はごく少数であろう。そして、ぼくの両親は、偶然にこの穴の存在を知ったがために、殺される運命になったのではなかろうか)

その穴のあり方は、紫郎が解いた謎の答えのとおりであった。紫郎はその穴の奥に金塊がかくしてあることを疑わなかった。

紫郎は再び海にはいった。彼は穴に向かって懸命に泳いだ。

紫郎は穴の入り口に泳ぎついて、中を覗いた。真っ暗だった。紫郎はその穴の中へ首まで海水につかって、歩いていった。穴はまっすぐではなかった。十メートルほどはいると、穴の中は急に広くなった。紫郎は浮き袋をひきよせ、穴の外からはいって来るわずかばかりの光をたよりに、懐中電灯を取り出した。

穴は奥へ続いていた。

海水の中を奥に向かって歩いて行くにしたがって海水はなくなった。しかしこのあたりは満潮になれば、もちろん海水が押しよせて来るところだった。

紫郎は寒さを感じた。彼は、足元に光を当てた。丸い大きな石が三つ並んでいた。紫郎はその中で一番大きな石の上に浮き袋を乗せ、ナップザックの中から衣類を出した。紫郎は水泳パンツを脱いで、タオルで体を拭いて下着をつけ、ズボンを穿き、毛糸のセーターを着た。体が暖かになった。紫郎は道具や、食料のはいったナップザックを持って、さらに穴の中へはいって行った。穴は自然の穴から人工的に掘り抜いた穴に変わっていった。

（なるほど、塚の下にあるトンネルはここまで通じていたのだな、このトンネルを通じて海の嘆きが聞こえたのだな）

紫郎はそう思った。

トンネルはやや登り気味になった。そしてすぐその先は行きづまった。そのあたりの岩は乾いていた。トンネルが崩れ落ちたのか、内部から岩石を運んで来て閉鎖したのか、通路は完全にさえぎられていた。

紫郎は引き返してみた。穴の入り口から四十メートルほど来たところであった。

紫郎は何度か穴の中を往復した。金塊をかくしたらしいところはどこにもなかった。洞窟の壁にもそれらしいものはなかった。しるしのようなものもなかった。

「白髯さんが嘘を言うはずはない。もしかすると、すでにだれかにうばい去られたのではないだろうか」

紫郎がつぶやくと、その声は洞窟に反響して、

「あきらめてはだめよ、あきらめてはだめよ」

と母が言っているように聞こえた。

「ようし、もう一度探してやるぞ」

紫郎が大きな声で言うと、

「そうだ、しっかりやれ、石の一つ一つもこまかく調べてみるんだ」

父がそう言っているように聞こえた。

紫郎は石の一つ一つに懐中電灯の光を当ててみた。金塊をかくしたらしいところはどこにもなかった。

時間はどんどんたって行った。十一時が潮の一番引く時間だから、それからは潮がさしこんで来るわけである。

紫郎は頭の中で、簡単な計算をした。大潮の時の満潮と干潮の差が一メートル五十センチあるとする。満潮から干潮までの時間が六時間である。一メートル五十センチを六で割ると一時間に二十五センチずつ潮の高さが増して行くわけであった。紫郎が穴の中にはいるときは、首のあたりまで潮が来ていた。紫郎の首から穴の入り口の上まではわずか六十センチぐらいであった。

紫郎は考えた。六十センチを二十五センチで割ると、約二時間半で穴の入り口は潮で閉じられてしまうことになる。

紫郎は浮き袋を置いた石のところで時計を見た。

「あっ、もう午後の一時だ！」

紫郎は時間の経過を考えた。鵜の島へ向かって泳ぎ出したのが十時半ちょっと過ぎ。鵜の島で、しばらく休んだとしても十一時にはこの穴にはいっていた。それからもう二時間はたってしまったのだ。

「するともう間もなく穴の口はふさがる。そうなったら、おそらく外へは出られないだろう」

海水の中をくぐり抜けて外へ出るだけの自信は紫郎にはなかった。穴の出口の長さは十メートルもあって、しかも曲がっていた。水の中をくぐり抜けて行くことは危険だった。

紫郎はあせった。時間はない。どうするかきめねばならなかった。足元に海水がおしよせて来る音がした。静かな無気味な音だった。紫郎は、懐中電灯の光を、足元に当てた。光は丸い三つの石を照らし出した。一番大きな丸い石はひとかかえほどあった。波にみがかれて表面がつるつるしていた。

その洞窟の中には他にも石はあったが丸い石はなかった。ごつごつした石ばかりだった。しかも丸い石だけがそこに三つ並んであるのがおかしかった。

紫郎は、その三つの石に遠くから光を当ててみた。丸い三つの石の中心をつなぐと三角形になった。意識してだれかが置いたもののようであった。

「そうだっ!」

紫郎は思わず声を上げた。その三つの丸い石の置き方は、塚が崎の三つ塚のあり方と同じであった。塚が崎の塚は円形古墳であって、ちょうどその石をそのまま大きくしたような形をしていた。

「そうだ、この石は塚が崎の塚に似せて置いてあるのだ」

紫郎は、白髯さんの残した辞世の中にあった、「塚の嘆き」という言葉を思い出した。塚の嘆きが、金塊のある方向を示し、そして、三つ塚に似せたこの石が、金塊のかくし場所にちがいない。

紫郎の胸が鳴った。

紫郎はその三つの丸い石を懐中電灯でよく調べてみた。三つの石のうち一番大きな石の下が平らになっていた。どうやら、その石は金塊を入れてある金庫のふたのように思われた。

紫郎は丸い石を動かしてみた。二つの石は動かすことができた。その石の下にはなにもなかった。一番大きな石は紫郎の力では動かせなかった。

紫郎は悲しくなった。

その悲しみをさらに大きくするように、海水が、ひたひたと足もとに寄せて来た。

(そうだ。間もなく、この石は海水の中につかる。海水の中にはいれば、この石は軽くなる)

それはごく当たり前のことだった。海水につかれば、その石の体積に相当する水の重さだけ軽くなる理屈であった。

「よし、潮が満ちて来るまで待とう」

紫郎は言った。紫郎はみずから、この穴の中に閉じこもる決心をした。

紫郎はその考えを裏づけするために、懐中電灯の光で洞窟の中の水のあとを調べてみた。人工によって掘られた穴の奥まで行けば、満潮になっても大丈夫だった。そこは乾いていた。

(ようし、潮の満ちるのを待って、あの石をおしのけて、中になにがあるかを確かめよう。そして、ここを脱出するのは、午後の十一時の干潮のときである)

そう考えると気が楽になった。

紫郎は、丸い石に、浮き袋を目印としてしばりつけておいて、穴の奥へはいった。

「さあ、食事だ。腹がへっては戦ができぬからな」

紫郎はお祖父さんがよく言う言葉を口にした。ナップザックからパンと水筒を出した。

紫郎は懐中電灯の光を消した。電池を節約するためだった。真っ暗い穴の中で彼はパンを食べた。

23

紫郎の担任の久松良子は、十時半に大塚村小学校に電話をかけたが、小林恵子は生徒をつれて写生に出ていて不在だった。

十二時になって、久松良子と小林恵子は連絡がついた。

「紫郎君が登校しませんので家へ電話したところ、今朝いつものとおり出たというのですが、心当たりはありませんか」

久松良子は恵子にきいた。

「紫郎君がいない？」

恵子は自分の受け持ちの子がいなくなったような声を出した。

「すぐ、紫郎君の家へ行ってみます」

恵子は食事もせずに源造のところへ走った。源造は、おろおろしていた。ぬいは恵子を見ただけで涙を見せた。

「最近、紫郎君に変わったことはありませんでしたか」

「そう言えば、このごろずっと考えごとばっかりしていました」

「考えごとを？」

「はい、机に向かって、なにか字を書きながら」

源造は心配そうな顔をした。

「その机を見せていただけませんか」

恵子は紫郎の勉強机の引き出しの中を源造にことわって調べた。

白髯さんの書いた辞世の句が出て来た。その辞世の句を、紫郎が紙に書き写したり、書き替えたりしたらしい紙片が発見された。

「まさか紫郎君は……」

恵子がひとりごとを言った。

「どうしたのでしょう、先生」

「紫郎君は金塊亡者になったのではないでしょうか。白髯さんの辞世の句の中に、金塊のかくし場所の謎があると思いこんだのかもしれません」

源造の顔が真っ青になった。

源造は紫郎が地下要塞のトンネルへはいりこむことを心配した。

「このままほってはおけませんわ、みんなで探さないと」

恵子は、久松良子に電話をして学校の援助を乞うと同時に、村の人に捜索を頼んだ。恵子は、東京の自宅へも電話をかけて、なんとかして晴雄に連絡をつけて、できるだけ早く来るように言った。一人でも力になってくれる人がほしかった。

「はやく手を打たないと紫郎君の生命が危ない」

恵子は村の人たちに言った。

「なぜです。なぜ……」

なぜと言われると恵子は困った。なにもかもくわしく話している時間はなかった。

「紫郎君は白髯さんと親しかったから、あるいは、地下要塞のことをなにか聞いていたかも知れません。それともう一つ、紫郎君は、鵜の島にしきりに行きたがっていたから、もしかすると、今日は大潮だから……」

恵子は、紫郎の机の引き出しから発見された紙片に、鵜の島という字が何か所も書いてあるのを思い出して言った。

紫郎の捜索隊が行動を始めたのは午後の二時であった。

そして紫郎のカバンが、荒磯の先の岩のかげで発見されたのは午後三時であった。

ぬいは紫郎のカバンを抱いて、大声を上げて泣いた。紫郎は海にはいって死んだのだと思いこんだのである。

ボートで鵜の島付近を探したが、紫郎の姿は発見されなかった。


そのころはもう、紫郎がはいりこんでいる穴の入り口は海中に没していた。

やがて夜になった。

紫郎は裸になって水泳パンツを穿くと、冷たい水の中にはいって行った。潮は丸い石の上二十センチほどになっていた。

紫郎は、息を胸いっぱい吸いこんで、海水の中に頭までつかって丸石を持ち上げようとした。

丸石が動いた。だがその石を完全に持ち上げることはできなかった。

紫郎は、水の浮力を利用して、丸石を少しずつずらして行った。丸石をひっくり返さなくとも、ずらすことによって内部が見えればよいのである。

石はどのくらい動いたのだろうか。

手を水中に入れてさぐってみると、石は三十センチほど動いていたが、それ以上動かすことはできなかった。想像したとおり、丸石の下に穴があったがその穴の底まで探すことはできなかった。紫郎は疲れ果てていた。それに寒かった。それ以上海水につかっていることが、できなくなった。もう一つ、この仕事をしばらく休まねばならない理由があった。浮き袋に結びつけておいた懐中電灯の光が弱くなった。予備の電池に取りかえねばならなくなったのだ。紫郎は洞窟の奥の海水のこない避難所まで行って、乾いたものに着替えた。

(あの石はもう動かすことはできない。あとは干潮を待って、あの石の下になにがあるかをたしかめよう)

紫郎は時計を見た。午後の五時、満潮の時間だった。

(あと六時間待たねば干潮にはならない)

紫郎は懐中電灯の光を消した。

眠くなった。

夜になっても紫郎の捜索は続けられていた。大塚村の舟ばかりではなく、松浦の舟も出て捜索に加わった。荒磯でカバンが発見されたから紫郎は海に出たものとして、その方面に捜索力は集中された。

恵子は紫郎が生きていることを確信していた。紫郎は塚が崎付近のどこかに必ず生きているに違いない。

恵子は決してあきらめてはいなかった。久松良子も、ずっと恵子の傍にいたが、良子は紫郎のことについて恵子に、根掘り葉掘りきくようなことはしなかった。恵子の心を乱さないためだった。

夜の十時ごろになって晴雄が友人三人を連れてやって来た。

「ありがとう、晴雄さん。どうやら紫郎君は海に出たようよ、私はどうしても塚が崎の先端の断崖の下あたりがあやしいと思うの」

その付近には、ボートが二艘出て探していたが、ちょうどそのころ引き上げたところだった。

「ようし、今度はおれたちが行ってみよう」

と晴雄は友人三人に言った。晴雄たちは、ボートに乗って塚が崎の先端に向かった。

紫郎の捜索は一時打ち切って明朝になって始めようということに決まった直後に現われた晴雄ら一行の後ろ姿に源造とぬいは手を合わせて祈った。

海は静かだった。ボートに乗った四人は、塚が崎にゆっくりと近づいて行った。

紫郎は母の声で眼をさました。

「紫郎さん、紫郎さん」

紫郎は眼をさますと、いそいで首にひもで吊ってある懐中電灯のスイッチをおした。時計を見ると十一時五分前だった。

「ちょうどよかった。お母さんありがとう」

紫郎は心の中の母の声にお礼を言って、丸石のところへ行った。すっかり潮が引いて、丸石は露出していた。紫郎は丸石の底に光を当てた。石をずらしたところは穴になっていて、そこに水がたまっていた。水の中までは光がとどかなかった。手を入れてみると箱のふちらしいものがあった。手を奥に突っ込むと、四角なものが手に触れた。同じ型のものがいくつもあった。

紫郎の手がふるえ出した。心臓がどきんどきんと鳴った。

紫郎はふるえる手でその一つを摑んだ。片手では動かせなかった。両手で持ちあげると、恐ろしいほどの重さだった。それは表札を二枚縦に並べたほどの大きさのものだった。紫郎は懐中電灯の光を当てた。それは金色に光っていた。紫郎は金塊というものを見たことはなかったから、金色をしていてもそれが金塊かどうかはわからなかった。彼は、それを丸石の上に置いて、ナイフで傷をつけてみた。傷口はやはり金色に輝いていた。メッキではなかった。銅でもなかった。取り出すとき重かったのは、金だったからなのだ。

「金塊だ」

紫郎は言った。金塊に間違いはないと思ったとたんに、体じゅうがふるえた。なにかたいへん悪いことをしでかしたような気持ちだった。これからどうしたらよいだろうか。警察に届けなければいけないと白髯さんが言ったことを思い出した。

(そうすれば、持ち主のない拾いものは拾った人のものになる。ぼくは日本一の金持ちになれ

るのだ）

しかし、紫郎には日本一のお金持ちになったという実感は少しもわき上がってはこなかった。お金持ちになりたいとも思わなかった。

紫郎は、丸石のところで膝をついて、手を肩のつけ根まで穴の中に入れて、そこにある金塊の数を数えた。全部で十八個あった。数え直したが、それ以上はなかった。彼がすでに拾い上げた一個を加えて、金塊は十九個であった。

紫郎は金の価値についてくわしいことは知らなかったが、金塊十九個を拾っただけで日本一の金持ちになれるとは考えられなかった。金塊一個が一千万円だとしても、合計で一億九千万円だった。それは確かに紫郎には気が遠くなるようなお金だったが、そのくらいのお金を持っている人は、珍しくはなかった。

「白髯さんは、嘘を言ったのだろうか、それともぼくをはげますためにわざとそんなことを言ったのだろうか」

紫郎は自分に問いかけて、自分で答えた。

「白髯さんは嘘を言うような人ではなかった。事実が、白髯さんの言っていることと違っただけのことだ」

この洞窟の中のどこかに、もっとたくさんの金塊がかくしてあるとも思われなかった。紫郎は白髯さんが、終戦直後に、金塊をかくしたと言った話と、終戦と同時に、地下要塞のトンネル工事は終わったが、すえつける大砲がなかったという話をつき合わせて考えてみた。

(要塞ができたが、すえつける大砲もないくらい貧乏になっていた軍が、日本一の金持ちになれるほどの金塊を持っていたはずがないではないか)

紫郎は彼独特の理屈をつけた。

(終戦の年には、だれも彼も困っていた。軍だって、物がなくて困り果てていた)

という源造の話も思い出した。

(七人の軍人がかくした金塊は、これがすべてではなかろうか)

そう仮定するとまた別の考え方も浮かぶ。

(七人のうち、四人はこの金塊がこれだけしかないことを知っていた。簡単に持ち運べる量であることを知っていた。だから四人はこれを盗もうとして殺された。他の三人の白鬚さんと安と亀さんは、この金塊のかくし場所は知っていたが、金塊の量のことはくわしく知らなかった。白鬚さんと安と亀さんは、はじめっから金塊の見張り役を引き受けていたのかもしれない。彼ら三人が、もし金塊の量がこれだけしかないとわかったら、ばかばかしくなって、見張りなんかしなかったであろう。彼らは莫大な金塊がかくしてあることを信じていたからこそ生涯をかけて金塊を守る気持ちになったのだ)

紫郎はそこまで考えて、深いため息をついた。

「白鬚さんも、安も、亀さんも、そして彼らに殺された多くの人も、たったこれだけの金塊の犠牲になったのだろうか」

紫郎は、丸石の上に置いた金塊を見つめた。その金塊が、人の血によごれた汚ないものに思われた。

「金塊はこのままにしておこう。ここに金塊があることも黙っていよう。ぼくは金塊がほしくて冒険をしたのではない」

紫郎は金塊をもとにもどして帰り支度を始めた。急いで帰らないと、また洞窟の中に閉じこめられてしまう。嵐にでもなったら、ほんとうに帰れなくなる。

彼は水泳パンツを穿き、左手で浮き袋をおし、右手に持った懐中電灯で帰路を照らしながら進んだ。大きな仕事が終わったあとの疲労感が紫郎の全身をおおった。穴の入り口に近づくと、首のところまで海水につかった。気が遠くなりそうなほど海水が冷たく感じられた。

穴の外から人の声が聞こえた。

だれの声だかは、はっきりわからないけれど、紫郎には、その声の主が晴雄のように思われてならなかった。

「おおい、ここにいるよう……」

紫郎は力いっぱいの声を上げた。疲労のためか、寒さのためか、お腹がすいているせいか、それほど大きな声にはならなかった。紫郎の声はむしろ悲しげであったが、その声は洞窟いっぱいに反響し合った。洞窟が、突然金属性の唸り声を発したようでもあったが、その音はすぐゆるやかに洞窟の中にひろがって行って、やがて遠くに聞こえる海鳴りのように長い長い余韻を引いて消えて行った。紫郎はその音を金の海鳴りと呼びたいなと思った。

紫郎は穴の入り口に向かってゆっくりと進んで行った。お祖父さんもお祖母さんも小林先生も久松先生も、そして村の人たちも、みんなが心配しているだろう。村中総出でぼくを探しているかもしれない。どのようにおわびをしたらよいだろうか、それを考えると気が重くなる。久松先生も、小林先生も紫郎が黙って学校を休んだことは許してはくれないだろう。

紫郎は、涙をためてじっと紫郎を見詰めている恵子の姿を想像した。

(ぼくは悪いことをしたのだろうか)

悪いことをしたとは思えなかった。しかし良いことをしたようにも思えなかった。

(りっぱなものだ。紫郎君、きみはたった一人で困難にぶっつかって行って、見事に目的を果たしたではないか。紫郎君、それでいいんだ。ひとりでやってみるということが、人間にとって一番大切なことなんだ。金塊を探し出したことよりも、それまでの忍耐と勇気に意義があり、価値があるのだ。きみがやった冒険こそ、われわれ若者が忘れてはならないもっとも大切なことなのだ)

もし晴雄がここにいたら、そう言って、紫郎をなぐさめてくれるだろうと思った。

「紫郎君……」

こんどこそはっきりと晴雄の声がした。

「ここだよ、晴雄さん」

紫郎は返事をした。やっと声が出た。しかし、もう二度と声は出せなかった。寒さのために、体の感覚がなくなって行きそうだった。懐中電灯が手からすべり落ちそうだった。海の中を歩いているのに、立ち泳ぎをしているような不安な気持ちだった。

(頑張れ、紫郎、あと五メートルだ)

(しっかりしてね、紫郎さん、もう少しよ)

父と母の声を同時に聞いた。

穴の入り口の方で人声が続いた。そして水音を立てながら一人がはいって来た。

「紫郎君、しっかりするのだ」

晴雄が紫郎の肩をつかまえて言った。

「ああ、ぼくしっかりしているよ」

紫郎はそう言ったつもりだったが、それは声にはなっていなかった。

紫郎の頭の中で、なにもかも、ぐるぐるとまわり出した。晴雄の顔も、懐中電灯の光も見えなくなった。

音だけが聞こえる。

洞窟の岩がなにかぶつぶつ言っている。引き潮なんだな。だから岩がつぶやいているのだろう。やっぱり、つぶやき岩は海の底を通って、ここまで続いていたのだ。

紫郎はつぶやき岩がなにを言っているのか聞こうとしたが聞きとることはできなかった。
紫郎は晴雄の腕の中に倒れこんで行った。

〔昭和47（1972）年1月『つぶやき岩の秘密』初刊〕

P+D BOOKS ラインアップ

大陸の細道	木山捷平	●世渡り下手な中年作家の満州での苦闘を描く
耳学問・尋三の春	木山捷平	●ユーモアと詩情に満ちた佳品13篇を収録
小説 大逆事件（上）	佐木隆三	●近代日本の暗部を象徴した事件に迫る
小説 大逆事件（下）	佐木隆三	●明治44年1月「大逆罪」の大審院判決が下る
女のいる自画像	川崎長太郎	●私小説作家が語る様々な女たちとの交情
つぶやき岩の秘密	新田次郎	●山岳小説の大家が描く傑作少年冒険小説

P+D BOOKS ラインアップ

小説 みだれ髪 / 和田芳恵 ● 著者の創意によって生まれた歌人の生涯

なぎの葉考・しあわせ / 野口冨士男 ● 一会の女性たちとの再訪の旅に出かけた筆者

暗い夜の私 / 野口冨士男 ● 大戦を挟み時代に翻弄された文人たちを描く

故旧忘れ得べき / 高見順 ● 作者の体験に基く〝転向文学〟の傑作

貝がらと海の音 / 庄野潤三 ● 金婚式間近の老夫婦の穏やかな日々を描く

せきれい / 庄野潤三 ● 〝夫婦の晩年シリーズ〟第三弾作品

P+D BOOKS ラインアップ

幼年時代・性に眼覚める頃　室生犀星　●犀星初期の"三部作"を中心に構成された一巻

天上の花・蕁麻の家　萩原葉子　●萩原朔太郎の娘が描く鮮烈なる代表作2篇

父・萩原朔太郎　萩原葉子　●没後80年。娘が語る不世出の詩人の真実

光　日野啓三　●近未来の東京"喪失と新生"の物語

海軍　獅子文六　●「軍神」をモデルに描いた海軍青春群像劇

達磨町七番地　獅子文六　●軽妙洒脱でユーモア溢れる初期5短編収録

P+D BOOKS ラインアップ

兎の結末・独身者の憂鬱　柏原兵三
● 敗戦後に思春期を送る少年たちの日常を描く

悪魔のいる文学史　澁澤龍彥
● 澁澤龍彥が埋もれた異才を発掘する文学史

オールドボーイ　色川武大
● “最後の小説”「オールドボーイ」含む短編集

夜風の縺れ　色川武大
● 単行本未収録の39編と未発表の「日記」収録

火まつり　中上健次
● 猟奇一家殺人事件を起こした男の壮絶な物語

天の歌 小説 都はるみ　中上健次
● 現代の歌姫に捧げられた半生記的実名小説

（お断り）

本書は2012年に新潮社より発刊された文庫を底本としております。あきらかに間違いと思われるものについては訂正いたしましたが、基本的には底本にしたがっております。また、一部の固有名詞や難読漢字には編集部で振り仮名を振っています。

本文中にはクルクルパー、気違い、頭がおかしい、異常児、気が狂ったなどの言葉や人種・身分・職業・身体等に関する表現で、現在からみれば、不当、不適切と思われる箇所がありますが、著者に差別的意図のないこと、時代背景と作品価値とを鑑み、著者が故人でもあるため、原文のままにしております。

差別や侮蔑の助長、温存を意図するものでないことをご理解ください。

新田 次郎（にった じろう）
1912(明治45)年６月６日―1980(昭和55)年２月15日、享年67。本名：藤原寛人（ふじわら ひろと）長野県出身。『強力伝』により第34回直木賞を受賞。代表作に『孤高の人』『武田信玄』など。

P+D BOOKS とは

P+D BOOKS（ピー プラス ディー ブックス）とは
P+Dとはペーパーバックとデジタルの略称です。
後世に受け継がれるべき名作でありながら、現在入手困難となっている作品を、
B6判ペーパーバック書籍と電子書籍を、同時かつ同価格で発売・発信する、
小学館のまったく新しいスタイルのブックレーベルです。

つぶやき岩の秘密

２０２２年10月18日　　初版第１刷発行
２０２３年３月22日　　第２刷発行

著者　新田次郎
発行人　飯田昌宏
発行所　株式会社　小学館
〒１０１－８００１
東京都千代田区一ツ橋２－３－１
電話　編集　０３－３２３０－９３５５
販売　０３－５２８１－３５５５
印刷所　大日本印刷株式会社
製本所　大日本印刷株式会社
装丁　おおうちおさむ　山田彩純
（ナノナノグラフィックス）

ISBN978-4-09-352449-0

P+D BOOKS